Avilés Zombi

AVILÉS ZOMBI

© 2024, de la presente edición Dolmen Editorial.
© de la obra Saúl Fernández.
© de la fotografía del autor, María Fuentes.

Primera edición: Junio 2024

ISBN: 978-84-10390-07-2
Depósito Legal: PM 00449-2024

Autor: Saúl Fernández.
Corrección: Óscar Gómez y Celia Corral.
Maquetación: Tarman.
Director de la Línea Z: Jorge Iván Argiz.
Editor: Vicente García.
Dirección: Darío Arca.

Avilés Zombi

Saúl Fernández

DOLMEN
EDITORIAL

Para David y para Isaac Fernández García

"Al final, sabia y cuidadosamente, reajustaremos
el equilibrio de la vida animal y vegetal para
adaptarlas a nuestras necesidades humanas".
(H.G. Wells, *La máquina del tiempo*)

"Entonces, de pronto, el Tiempo se detuvo.
Sí, esa cosa ciega y jadeante dejó de arrastrarse y,
muerto el Tiempo, una nube de espantosos pensamientos
se adelantaron, ligeros, para sacar de su tumba
un futuro horrible que expusieron ante sus ojos".
(Oscar Wilde, *El retrato de Dorian Gray*)

"Hubo un tiempo
en que unos sesos estrellados decían muerte
y nada más; pero ahora resucitan
con veinte tajos por toda la cabeza".
(William Shakespeare, *Macbeth*)

"Para mostrarnos cómo proceder rastrillan la basura de
la humanidad en sus callejones y barriadas en busca
de fragmentos de la vajilla moral rota, y huelen los
vicios de los desdichados, y los adornan con la peor
interpretación del sistema social, y, por el simple
proceso de multiplicación, deducen de ellos lo que
consideran más típico de los humanos".
(Raymond Chandler, *Realismo y cuento de hadas*)

UNO

"A veces, por descuido, un rayo de luz
es el vial que les da acceso a nuestros dominios".

(Ignacio Aldecoa, *Parte de una historia*)

I

Todos tenemos que morir y, sin embargo, en Avilés, los muertos hace tiempo que no terminan de morir del todo.

Hay un bar en el parque del Carbayedo y botellas de *whisky* escocés envueltas por telas de araña. Un poco más abajo, en la plaza de Domingo Álvarez Acebal, fue donde murió José Iván Ardid.

Se lo comieron los zombis.

II

A las nueve y cuarenta y nueve sale el tren de Den Haag. Den Haag es La Haya, pero eso todavía no lo ha aprendido.

III

Lo que hay que hacer es colgarlos por los pies.

Los cuelgan, los desnudan y los abren en canal. Los despiezan. Su sangre hace tiempo que se ha acartonado. La recogen. La cuelan. La cuecen. Y ya está. La sangre muerta es esencia y destilado de presente. Un tesoro. Lo demás lo cuartean: tronco, extremidades...

Antes los tienes que decapitar. Es fundamental. Los decapitas y las conexiones neurológicas por fin se quiebran.

Solo entonces es cuando hay que sepultar los cráneos.

DOS

Cuando acceden a la iglesia de Santo Tomás de Canterbury, encuentran una montaña entera de despojos, sangre reseca y el sonido armónico del órgano del templo.

—Es un preludio de Chopin. —El médico no tarda en identificar las notas que horadan las tres naves neogóticas cerradas por el pánico el día en que todo comenzó.

Durante cerca de un cuarto de hora, Diego Llorente, el cazador de Portazgo, había estado empujando las enormes puertas de la iglesia. Pero el tiempo las había anclado a sus bisagras, como un ángulo llano en un transportador.

Mientras, Herminio Loredo, el conductor, esperaba en la furgoneta.

Llorente, el cazador de Portazgo, había recibido la comanda: "El cura de Sabugo".

Paco García Pérez.

Cambió la Armada por el clero, pero nunca dejó de ser almirante.

El preludio de Chopin, el Número 20, suena a muerto. Lo aprendió Herminio Loredo hace tiempo ya. El Número 20. En do menor.

Llorente solo no lograba que las puertas abrieran su boca un solo centímetro.

−¡Loredo! −reclamó a su compañero por el intercomunicador. Y el conductor se presentó en el atrio de la iglesia. Empujaron, pero las puertas seguían clavadas. Loredo tiró cuerda para atarlas a su *pick up* y encendió el motor después.

Así fue como alcanzaron una rendija de aire muerto por la que colarse. Y así fue también como descubrieron los despojos, los restos sin rumiar de los feligreses que no habían podido escapar aquel Domingo de Resurrección en que todo comenzó.

CUATRO

"Tan firmemente arraigan en ellas las creencias,
que creen ver lo que no ven".
(**Michel de Montaigne**,
"De la fuerza de la imaginación", *Ensayos*)

Dice Lidia que los muertos ya no la hacen feliz, que la vida no es vida si a todas horas bordea la muerte. Diego se ha cansado de explicarle que los cadáveres destilan dinero y que el dinero les permite recorrer el mundo, que ella quiere conocer el mundo y que el mundo entero así es para ellos todo un regalo. Y, entonces, ella siempre le mira con desprecio, le abraza con tristeza y le sonríe con olvido.

Y, entonces, vuelve a hablar de los muertos. Los muertos.

Hace tiempo que lo esperabas, no lo niegues, es lo que tenía que suceder, recuérdalo.

Lidia ha vuelto a fumar; antes era capaz de amordazarle sin humo y sin ceniza.

Con el cigarro entre los dedos.

Le explica que la vida de ambos empieza a ser una fortaleza de almenas agrietadas. Lidia es un primor de poesía. Está tumbada sobre la cama dieciochesca de la habitación principal del edificio.

El edificio del antiguo Ayuntamiento de Corvera,

a un paso de Portazgo, lo comparten con Herminio Loredo.

—Hace calor —dice ella.

En realidad, hace frío: tres grados; Diego lo acaba de mirar. Los muertos.

El frío. El puñetero frío.

CINCO

"Lo que más asustaba a la gente eran sus narraciones, todas ellas espantosas y horribles".

(Robert L. Stevenson, *La isla del tesoro*)

Cuando acceden a la iglesia de Santo Tomás de Canterbury, encuentran una montaña entera de despojos envuelta en las notas repetidas del preludio.

Pero eso no es lo que esperaban. Lo que esperaban era el silencio.

Suenan, sin embargo, notas desperdigadas que, todas juntas, son un preludio fúnebre de Chopin.

–Es Chopin –digo.

Diego Llorente tiene clara la orden: Paco García Pérez, el cura. Y no sabe por qué.

Y le da igual.

Lo que sí sabe es que el órgano de Santo Tomás de Canterbury está sonando.

–Es Chopin –repito.

Supera la montaña de cadáveres junto a las puertas del templo y el cazador se detiene, escucha y dice "el coro". Y busca la puerta de acceso y la encuentra a la izquierda. Está entornada. Hay más cadáveres. Unos pocos. Los ilusos que creyeron encontrar en la torre la salida, la salvación, el cielo.

El día en que todo comenzó.

Suben los escalones. Los escalones son el fular que anuda el pasado neogótico de la iglesia por dentro. Llegan a la segunda planta, empujan la puerta, superan los tres escalones. Y allí está la mujer. Sus dedos recorren los teclados del órgano de la iglesia.

Los de ella.

SEIS

"-No es mi presión lo que anda mal. Es la vida".

(Graham Greene, *El cónsul honorario*)

I

Entonces, al principio de todo, no podía saber que la ciudad de Arkangel contaba con un puerto congelado que se volvía líquido cuando llegaba la primavera. No lo podía saber porque ni siquiera sabía dónde estaba aquella ciudad rusa: un recodo en el mar Blanco, una historia legendaria, muelles abiertos a todos los tiempos. Y nada más.

Arkangel nació donde la vida terminaba.

II

En la popa del Arkangel, el carguero gigantesco que acababa de atracar, la bandera roja parecía un trapo que se deshilachaba. Habían buscado abrigo en el puerto de Avilés después de una semana completa casi a la deriva.

Me llamaron al centro de salud, me dijeron que estaba amarrado en la dársena de San Agustín ante un bosque de chimeneas que apestaba a acero frío y a bobinas recién flejadas. La ría, acuérdese, olía como una caldera quemada en mitad del Infierno. Tomé la carretera de Luanco. Puente Azud, primera glorieta y una cortina de vapor de agua se descorrió para permitirme el paso.

III

No es la primera vez que cuento todo esto y sé que no va a ser la última. Ahora viene lo de mi diálogo con el guardia civil, la subida a bordo... y Andrej Pedachenko.

Es lo mejor.

SIETE

" -Todos somos imbéciles,
hace que la vida sea interesante.
-Estoy harta de que la vida sea interesante".
(House y Lydia, en *House* M.D.)

I

Las ramas de los árboles se quiebran solo con un soplido. Hace tiempo que las ramas de los árboles se quiebran con solo un soplido.

—Los muertos... —insiste Lidia.

Regreso y me la encuentro sentada, bajo una luz que titila: escribiendo.

Lidia escribe. Y, luego, se levanta de la mesa y, después, deja que la luz que titila se asome por la ventana del antiguo salón de recepciones del viejo Ayuntamiento de Nubledo, que es nuestra casa.

Las ramas de los árboles se quiebran con un solo soplido de viento siberiano. Y logro que me abrace. Y que me bese.

Y la recorro con las manos. Y acaricio su melena suave de color otoño.

—Estás fantástica.

Y sonríe. Sonríe con miedo, como una dama en un castillo que prepara el funeral del guerrero que acaba de caer en la batalla. Sonríe con miedo. Y también escribe. Lidia escribe la historia de los días que murieron.

–Por fin estás en casa.

II

Subes al todoterreno, levantas el puente, traspasas la muralla, recorres las calles de Avilés, descubres al muerto. Y ya está: le das caza.

OCHO

"De ser así, lee y relee mi carta hasta
que aniquile tu vanidad".

(Oscar Wilde, *Epistola:*
In Carcere et Vinculis. De profundis)

I

Ni se hubiera imaginado que La Haya fuera en realidad una ciudad bañada por las olas. En su camino de vuelta al *Centrum*, en el *tram* Número 9, ha hecho memoria. Le sale un mar imaginado y hasta una invasión aliada: fragatas, cazas, lanchas y zambombazos.

El abogado Carlos del Busto está acostumbrado a ser él quien interroga. Sin embargo, esta vez ha sido él quien ha tenido que responder. A quince jueces de la Corte Internacional de Justicia a quienes les importa una mierda por qué las murallas de Avilés contienen una ciudad invadida por los muertos.

Y les importa una mierda porque pasa igual en Arkangel. La ciudad de Andrej Pedachenko.

II

El parlamento del reino de los Países Bajos está en una plaza porticada con un heladero ambulante con chaquetilla blanca y cucurucho de galleta en el medio... Ha mirado al cielo y ha pensado en las agujas de las torres de los ministerios modernos que rodean la estación de ferrocarril de Den Haag y ha pensado también que tendrá que pensar en una nave del futuro.

III

–*Je moet watchen, mar ken jij strand van Den Haag?* –preguntaron.

NUEVE

"Si no me das un trago,
te juro que he de ver fantasmas".
(**Robert L. Stevenson**, *La isla del tesoro*)

I

Los muertos que no terminan de morir lo hacen porque sus neuronas crecen y se reproducen: porque nunca mueren. Es algo raro. La bacteria mata al hombre y, después, como si nada, da vida al cerebro. Lo están estudiando en la Clínica de Happy Team, la empresa que nació para matar a los muertos que nunca terminan de morir.

Los muertos que no terminan de morir saben que están vivos, piensan que están vivos, comen como si estuvieran vivos. Esto también lo dice Herminio. Lo que sucede es que sus cerebros no se mueven... Los muertos que no terminan de morir quieren vivir, pero la bacteria ha podrido sus cuerpos.

La sangre pastosa es materia prima de perfumes de mujer envasados en París. Lo fundamental es decapitar al muerto que termina de morir.

Un machete de hoja fina.

II

En la fábrica los cuelgan, los desnudan y los abren en canal. Los despiezan. Y ya está.

La sangre muerta es esencia y destilado de presente. Un tesoro.

Lo demás se cuartea: tronco, extremidades... Al principio de todo, sin embargo, los tienes que decapitar: antes de cargarlos en la furgoneta, antes de llevártelos a la fábrica.

DIEZ

"Je moet watchen, mar ken jij strand van Den Haag?",
o sea, que se espere, que se vaya a pasear, que aquí
al lado está la playa de La Haya. "¿La conoce?" Y no
la conoce, claro que no la conoce. Nadie sabe que La
Haya tiene playa. Sabe, sí, que allí está la sede de la
Corte Internacional de Justicia, el sitio aquel donde aquel malo yugoslavo se bebió el veneno de no
cumplir con los pecados. Eso lo sabe. El presidente
Gil, Vicente Gil, ha pedido al letrado Carlos del Busto que defienda las murallas en torno a la ciudad de
Avilés, la ciudad de los muertos que no terminan de
morir: la invasión productiva, un recorrido acosado
por cazadores que contienen la epidemia, el mal, el
infierno; una ruta abierta a la vida que es nueva y que
viene después de la muerte. Cadáveres denunciados,
investigación internacional, derechos desvividos.
Del Busto es solo abogado, uno de esos que disfruta
desmontando la verosimilitud de los peritos que defienden procesos industriales sin tener ni puta idea
de procesos industriales; un artilugio para descom-
poner el mineral de hierro y transformarlo en tesoro

29

de acero galvanizado, por ejemplo. Y esto, señor, ¿es metalurgia? Claro que es metalurgia. Pero lo de hoy en La Haya ha sido distinto: quince jueces que preguntan por qué la comarca de Avilés está rodeada por una muralla de cinco metros de altura, por qué la comarca de Avilés es un nido de zombis, por qué el Gobierno de Asturias ha decidido mantener con vida a los monstruos que no terminan de morir. Y luego los caza y los decapita... Una ciudad con playa de fantasía, olas que, cuando mueren, solo cocinan el frío, un frío tan atroz que congela hasta el horizonte.

El frío. El puñetero frío.

ONCE

"Yo acabaré, que me entregué sin arte
a quien sabrá perderme y acabarme".
(Garcilaso de la Vega, "Soneto I",
Poesías castellanas completas)

Herminio dice estupideces. Dice, por ejemplo, que esos muertos son como las llamas del infierno. Herminio es mefistotélico y un poco gilipollas. No lo puede evitar. Cuando escupe lo de las llamas me guiña el ojo izquierdo porque piensa que es una broma.

Sí.

Todos los viernes repite que es bueno que cenemos juntos. Herminio vive en la planta baja del antiguo Ayuntamiento. Sube las escaleras burocráticas y se postra en la jamba de la puerta con unas cuantas botellas de vino pijo.

Los cazadores de cadáveres lucen sueldos como constelaciones. Dice Diego que no exagere, que ellos se juegan la vida cada vez que cruzan las murallas de Avilés, que así están las cosas. Y yo, entonces, opto por el silencio. No aguanto los lamentos: la sangre, el cementerio de las cabezas sin cuerpo, el convenio colectivo... Toda esa mierda. Le digo entonces que pase y Herminio se sienta en el sofá del comedor y yo le miro y le detesto y pienso en soltarle que ahí no puede estar, que ahí solo nos sentamos Diego y yo cuando nos abrazamos, y, después de pensar, le escucho: "Aquí estoy". Y dejo de escribir bajo la luz que titila. Y, al final, es cuando él dice eso de que siempre vuelve.

Así, siempre, las noches de los viernes.

Herminio se intercala en nuestras vidas con las botellas caras, con esas ganas de contar historias, con los muertos del otro lado de Portazgo.

Los muertos arañan los muros a dos palmos de nuestras caras.

DOCE

" ... no podemos conocer el mundo
porque lo conduce una voluntad ciega
de la que formamos parte".

(**Juan Mayorga**, *Intensamente azules*)

Me contó que subieron los escalones que ahogaban la torre neogótica de la iglesia de Sabugo. En la segunda planta empujaron la puerta y encontraron el órgano del templo y a una mujer que una vez estuvo viva, sentada ante los teclados.

–Y un preludio de Chopin como una inercia.

Herminio lo cuenta por la noche, con una botella de vino pijo en el regazo:

Aquella mujer que una vez estuvo viva una vez fue su mujer. Organista de la iglesia de Santo Tomás de Canterbury. Profesora del Conservatorio.

Los gritos se amontonaron en la puerta del templo cuando los soldados clausuraron la vida que empezaba a descomponerse. Y ella se quedó sola, en el coro, ante los teclados. Sus dedos corruptos empezaron a recorrerlos una y otra vez, endemoniados, como si el tiempo se hubiera detenido para siempre.

Valentina Expósito, su mujer, había desaparecido el día en que todo empezó. Después, Herminio decidió olvidar la vida que hubo antes de todo. Sin embargo, cuando tocó cazar al sacerdote descubrió que el olvido había sido solo una mentira.

—Solo somos el cuento que nos contamos a nosotros mismos, Lidia.

Los vivos murieron en las puertas del templo. Y, después, volvieron a morir.

—Valentina no. Valentina quedó protegida en el coro de la iglesia. En el órgano.

—¿Y qué hicisteis?

—La maté.

Y así dejó de sonar el preludio más atroz de Chopin.

TRECE

"En tanto que este tiempo que adevino
viene a sacarme de la deuda un día".

(Garcilaso de la Vega, "Égloga I",
Poesías castellanas completas)

I

La playa está a unos pocos metros del palacio de la Paz. Allí está la Corte Internacional de Justicia, el lugar en el que el abogado Carlos del Busto acaba de declarar que Avilés está rodeada por unas murallas de cinco metros de altura por dos de ancho: dientes de hormigón que separan la vida normal de la normalidad de la vida.

II

Son siete las puertas que permiten cruzar las murallas de Avilés: Trasona, La Granda, San Balandrán, Valliniello, Portazgo, La Cruz de Illas y Raíces. Ya no llegan barcos a la dársena del Niemeyer.

El último fue el Arkangel.

Cuando Herminio Loredo piensa en aquel carguero sólo se recuerda solo.

Herminio Loredo repite siempre que fue el primero que vio la mecha encendida de la muerte; que estaba de guardia cuando le llamaron a una consulta urgente: un barco y un enfermo.

III

Bautizaron la empresa con dulzura: Happy Team.

Capital enteramente público. Una oposición: cazadores, conductores, carniceros, licuadores. José Iván Ardid, que no sabía, cayó a dentelladas. En la plaza de Domingo Álvarez Acebal.

CATORCE

"Feli todavía parece intimidada.

Nunca ha estado en un sitio así.

Quizá, usted, espectador,

se haya sentido de ese modo alguna vez".

(**Juan Mayorga**, *Hamelin*)

–Y ahí estaba yo –vomita el exmédico después de tres copas de vino pijo.

Herminio disfruta contando y volviendo a contar el inicio de toda esta mierda. Le gusta atar miradas embobadas a sus palabras repetidas, al coche con que recorrió el puente Azud y se perdió por entre las calles del polígono industrial de la ría.

Y luego así cruzó la barrera de seguridad del Puerto.

–Ahí está el barco –le señaló el policía portuario.

Un barco ruso, de Arkangel: el Arkangel. En Avilés debía cargar veintitrés mil toneladas de carbón destilado.

–Coquizado –me guiña un ojo.

–El teniente de la Guardia Civil me contó que el primer oficial había caído enfermo. Me dijo que no estaba seguro de qué, pero pensaba que lo había podido traer de Rusia, que la tripulación ya en ese momento le empezó a notar raro.

Aquel policía me dijo también que en medio de la travesía el capitán había ordenado encerrarlo en su camarote.

–Ahí está –escuché un rato después, cuando ya estaba delante de aquella puerta.

Herminio disfruta siempre contando el mismo cuento: Sísifo narrador.

–No te enfades, Lidia. Ya sabes que solo somos el cuento que nos contamos cada mañana.

Otra vez con la misma mierda.

–Y abrieron la puerta.

QUINCE

"Al oeste del bosque, apenas a una milla,
se acerca bien formado el enemigo".
(William Shakespeare, *Enrique IV Parte II*)

Conduce a trompicones.

–Joder, Herminio.

Hace como un año logramos limpiar la calle de Santa Apolonia. Peñas es el único de nosotros con título de gruista. Hizo el cursillo en Oviedo, le pagan un plus de mierda y le dejaron elegir puerta y palacio familiar. Vive en el chalé de La Granda con su mujer, que es la cazadora del dúo. María San Narciso siempre ha pescado. Antes de que comenzara todo, en el cañón de Avilés y, ahora, en la orilla del pantano. Salmones, truchas... el cielo.

Durante algo más de una semana Peñas, Herminio y yo despejamos la calle Santa Apolonia. Había que dejar libre la vía de escape. Por si los muertos. Por si los corruptos se llegasen a organizar.

No podemos dejarnos atrapar entre los coches abandonados.

–Así murió Ardid –le recuerdo a Herminio cuando llegamos a Los Canapés.

–No, no te confundas: murió porque se dejó coger –me replica Herminio. Y no le falta razón. Fue

en Domingo Álvarez Acebal: bajaba del Carbayedo.
Le gustaba el *whisky* bueno. Se dejó coger.

　　–¿Y qué hacemos nosotros?

　　El primer cazador muerto de Happy Team.

　　–Necesitamos recordarle –dictamina el exmédico.

　　–¿Nos dejarán? –pregunto.

DIECISÉIS

"... y un día han de invadir los
bulevares de la ciudad
desierta, amenazando la
arquitectura fácil del triunfo
y el gesto de la mano que
acaricia la mansedumbre impávida de
animales pacíficos".

(Guillermo Carnero, "Museo de Historia Natural",
El azar objetivo)

I

Seguro que te acuerdas, Lidia:

–El primer oficial está encerrado en su camarote. No sabemos por qué, casi todos hablan ruso –me informó el teniente de la Guardia Civil.

–Yo tampoco hablo ruso –señalé

–El capitán se hace entender en inglés. O en algo parecido.

–¿Por qué rodean el barco?

–Los marineros tienen miedo del primer oficial y no podemos subir a bordo.

–Pero ¿está enfermo?

–Creemos que sí.

–¿Lo creen? –me indigné.

–Sí, no estamos seguros. Los marineros hablan, pero no sabemos bien lo que dicen.

II

El capitán del buque ruso me guio por el dédalo de pasillos eléctricos del Arkangel. "*Here*", dijo cuando llegamos al camarote del primer oficial. Le ordené que abriera la puerta, pero el capitán dijo "no, no, no".

–El primer oficial era Andrej Pedachenko. Masticaba su propio brazo.

DIECISIETE

Franqueira sirve cerveza mortal a los cazadores que eligen repararse en su cantina. En unos meses convocarán de nuevo el concurso público. A ver si se acuerda y presenta los papeles a tiempo. La plantilla de Happy Team ha abierto ya las apuestas.

Happy Team ocupa el antiguo hotel de la loma de Truyés: a un paso de las murallas y a paso y medio de los muertos que no terminan de morir.

–Me han llamado de arriba –Lombardía abre juego.

Lombardía ahora se encarga sola de la puerta de La Cruz de Illas.

–¿Y qué coño quieren? –salta Diego Llorente como un muelle.

Se expande y sobrecoge y, al retomar el presente, se vuelve a esconder y se entierra entre los titulares de *La Nueva España*: seguro que cree que así retrasa la vuelta a casa con Lidia.

–Estaría bien que los periódicos hablaran alguna vez de lo que hay dentro de los muros –apostilla Peñas señalando a Diego y a su lectura.

–No sé quién me dijo que eras tú quien nos iba a explicar cómo mover los coches abandonados

–bromea Vallina, el último en llegar. Marina, su mujer, y él sirven en la puerta de Raíces. La puerta de Raíces fue un día la de José Iván Ardid, el primer cazador muerto.

–Igual os suben el sueldo y pagáis lo que debéis –interviene Franqueira. Cuando ve entrar a Ana Martín, la archivera, añade:

–¿Una de las tuyas?

Ni Ana ni Lombardía pueden vivir en el palacio que les corresponde.

Han decidido no casarse.

DIECIOCHO

I

–Parece mentira, gilipollas... y si no nos dejan, lo haremos por nuestra cuenta. Que es Ardid, cojones, que es Ardid... –Diego nunca ha visto a Herminio en este estado.

Loredo es de natural cadencioso: susurra más que habla y luego cuenta y cuenta como si pensara que su memoria se va a desmontar.

Ha lanzado a su mujer al maletero de la *pick up*.

La pudo encadenar, lo que no pudo fue cortarle la cabeza. Le dije que eso no le correspondía:

–No te corresponde. Es cosa de los carniceros.

Ha llorado. Ha dicho que lo tiene que hacer él.

II

Herminio conduce y yo les doy caza. Herminio empezó al principio de todo.

Cuando llegó el carguero. Herminio era médico. Todo cambió con ese barco ruso.

45

III

Al principio de todo esto no podía saber que la ciudad de Arkangel contaba con un puerto congelado que se volvía líquido al llegar la primavera. No lo podía saber porque ni siquiera sabía dónde estaba aquella ciudad en un recodo del mar Blanco, una historia legendaria, muelles abiertos a todos los tiempos. Y nada más.

Arkangel nació donde la vida termina.

DIECINUEVE

"Mi procedimiento está probado:
las cosas buenas suelen pasar,
pero las cosas malas a veces pasan".
(Greg House, en *House* M.D.)

I

Pero voy a guardar silencio.

–¿Os gusta el Château Canon? –pregunto sabiendo de sobra que, aunque Lidia me va a decir que sí, me quiere fuera de su vida.

–¿Y qué pasó? –pregunta el imbécil de Diego.

Mi cazador conoce el siguiente capítulo. Y el siguiente al siguiente. Los últimos años han servido para congelar todas las horas del mundo. Luz, fuego y destrucción. Las historias y los cuentos arman la memoria, amueblan el cerebro y me permiten seguir siendo una sombra, un sueño más.

II

La empresa tiene el absurdo nombre de Happy Team. Capital enteramente público. De la República de Asturias. Laura Díaz, una antigua profesora de Climatología de la Universidad de Oviedo, sigue siendo la gerente de la compañía.

—No podemos cobrar mejor —me replica Diego. Y es cierto: seis veces más que cuando todo empezó. Entonces yo trabajaba en la delegación avilesina de La Nueva España y ahora solo preparo cena para tres cada viernes y aguanto los cuentos de Herminio y discuto con Diego.

Happy Team. Tiene cojones.

VEINTE

I

Se ha estropeado una de las cámaras de la plaza del Ayuntamiento.

–Se ha estropeado una cámara –le digo a Herminio y Herminio, entonces, solo rezonga.

–Deberían mandar a otros a arreglarla.

–¿A qué otros?

–Yo conduzco, tú cazas, ninguno de los dos arregla nada.

–Nos lo han mandado.

II

El control de cámaras está en la Fábrica, junto a la sala de despiece y el horno de destilado, el paso previo a la sepultura. Allí es donde trabaja Lombardía, que es la jefa de mantenimiento.

Nadie se ha preocupado de eliminar los luminosos que asomaban a la autopista, cuando el mundo todavía era el mundo.

Parque Astur.

Carrefour.

McDonalds.

Odeón Cines: diez salas.

Una fábrica de zombis en un antiguo centro comercial. No lo niegues, tiene su gracia.

VEINTIUNO

"El procedimiento oral consistirá en la audiencia que la Corte otorgue a testigos, peritos, agentes, consejeros y abogados".

(**Artículo 43.5,** *Estatuto de la Corte Internacional de Justicia*)

La playa de Den Haag está a unos pocos cientos de metros del palacio de la Paz. Una playa recta y congelada, un horizonte de fragatas, corbetas y portaviones. La paz es una mentira, señorías. Ha contestado a todo cuanto ha formulado el agente ruso demandante y, después, durante cerca de una hora, a cada uno de los quince magistrados. En su mal inglés. En un pluscuamperfecto francés.

Los jueces han tratado de desmontar los muros que cercan Avilés, los muertos que no terminan de morir, la sangre destilada, las esencias forasteras, el porvenir por venir y el futuro por hacer.

Y el agente ruso demandante solo ha sonreído. Los magistrados le han hecho su trabajo.

Avilés, señorías, tiene mucho que ver con la ciudad de Arkangel, les ha repetido. Y lo ha hecho porque la ciudad de Arkangel fue la primera en amurallar sus límites para evitar la huida de los muertos que no terminan de morir, y es que los muertos propios que no mueren, mueren mejor a manos propias. Así lo ha dicho. Y, luego, se ha remitido a la contramemoria de defensa: Rusia no puede atacar Asturias por hacer esta ahora lo que Rusia probó de manera pionera.

Pero parece que los jueces internacionales no entienden la necesidad de los muros avilesinos, parece que no entienden que la historia de Avilés estalló en Arkangel. No, señorías, tienen que comprender el sentido de una realidad invadida por cadáveres que no terminan de morir.

VEINTIDÓS

"Es también el lugar por excelencia
de los finales que son principios, quiero decir,
que es el lugar de las resurrecciones".

(**Andrés Trapiello**, *El Rastro*)

Cuando escribo lo hago bajo una luz que titila.

Cada noche. Cuando las noches son más frías.

Hay un palacio completo para cada dos familias. Herminio Loredo vive en el primero. Y los viernes siempre encuentra una excusa para subir a casa.

–Este vino me lo envían directamente de Burdeos –dice.

Matar muertos es el mejor de los oficios, dice que piensa eso. Y dice que lo piensa porque hubo una vez en que logró compartir su vida y ser feliz.

Herminio es una bola de nieve lanzada desde lo más alto de la montaña.

Ahora él está solo y yo también estoy sola. Y Diego, sin embargo, cree que es feliz, pero los tres juntos solo sumamos tres soledades acompañadas. Una detrás de la otra. Diego sugiere que se alegra a mi lado y yo repito que, a su lado, su sonrisa es como un cielo despejado. Y luego viene Herminio, que sube todos los viernes a casa con botellas de vino pijo que no sé cómo consigue. Y así es como nos emborrachamos y así es como pensamos en que el tiempo mejor está por venir, en que abandonaremos los muertos porque se consumirán detrás de los muros que contenemos. Y luego viviremos felices lejos del frío y del viento que desquebraja las ramas de los árboles tras las ventanas de palacio, en una isla desierta llena de sol y de playas de color esmeralda.

Y mucha gente viva. Pero nunca lo haremos.

VEINTITRÉS

Lo que me dice es que ha soñado con una noche lar-
ga, eterna; alcohol, desmemoria... Todo eso. Me lo
dice después de haber admitido que sí, que tenemos
que ver qué ha pasado con la cámara de la plaza del
Ayuntamiento. Algo se ha roto en la plaza del Ayuntamiento. Los muertos se descontrolan, se mastican,
se vomitan. No es cierto que los zombis disfruten
de los mordiscos. Todos los cazadores hemos visto cómo los muertos que no terminan de morir se
desgastan a dentelladas y, después, expulsan toda la
carne muerta y descompuesta. Comen por comer.
Todos lo hemos visto, pero la cámara perfecta, la
de la plaza del Ayuntamiento, está rota. El Ayuntamiento y el hotel Palacio de Ferrera hace tiempo
que se convirtieron en madrigueras de monstruos.
Los monstruos salen por la noche y, cuando llega el
alba, regresan a sus agujeros. Lo mejor es cazar de
noche, cuando los encuentras en plena actividad.
Los zombis son como los jabalíes. Buscan saciar su
hambre, se confunden, rumian, vomitan y vuelven a
su escondrijo. Antes de alcanzar esa meta tenemos

que pararlos nosotros. Nosotros llegamos, aparcamos, nos armamos con las picas, les damos caza, los decapitamos, los tiramos al maletero de la *pick up* y corremos a la Fábrica. Allí es donde los desmiembran y les sacan toda la sangre que, destilada, se transforma en esa cosa dulce que luego huele a perfume francés, a marca de lujo... Los muertos dan aire a los vivos que tienen menos aire. Eso es lo bueno de este trabajo: descubres que todo cuanto te rodea es un río de magma, un volcán encendido. La vida es el camino que te acerca a una muerte digna. Herminio tiene toda la razón.

–Mira, allí están.

VEINTICUATRO

"Durante muchos años me nombré a mí mismo inspector de tormentas de nieve y de lluvia...".

(Henry David Thoreau, *Walden*)

I

Cuando escribo lo hago bajo una luz que titila. Siempre me pasa igual. Por la mañana voy a trabajar a la Fábrica, archivo los informes de caza de la noche anterior y los lanzo a las oficinas centrales. Al departamento de auditorías.

Los cazadores traspasan los muros, localizan un cadáver, lo decapitan, lo llevan a la Fábrica. Los carniceros los abren en canal, les sacan la sangre. Y entonces es cuando los destiladores extraen el jugo, lo empaquetan y lo envían a París.

Sangre en cadena que riega palacios.

II

Dice Diego que está bien cazar de noche. Piensa que soy imbécil.

Los muertos que nunca mueren enriquecen a los vivos que siempre mueren. Antes de que ocurriera todo yo era periodista. Una vez me avisaron de que en un piso de San Juan de la Arena un hijo de puta había matado a sus hijas a golpes. Corrimos hasta allá, subí las escaleras del edificio, accedí al pasillo, vi la puerta del piso de la muerte entreabierta. Salió un guardia civil desencajado. Me gritó lárgate. Y ese grito fue la alarma que despertó a la sonámbula en que me había convertido, la mujer dispuesta a entrar en la casa de la muerte, en la habitación de las niñas destrozadas...

Y solo para poder contarlo.

VEINTICINCO

"Lucharemos en las playas".
(Winston Churchill, 4 de junio de 1940)

Carlos del Busto se ha quitado el abrigo y se ha acomodado en la cabina superior del tren que le lleva a Amsterdam Centraal. Allí le espera Leire, que es su sobrina y es emigrante añeja: dejó Asturias mucho antes de que los muertos empezasen a dejar de morir.

Mañana regresa; KLM mediante. Ámsterdam, Bilbao. Bilbao, Oviedo. Señor presidente, los jueces internacionales no han escuchado. Señor presidente, el abrazo internacional pesa tanto como un diamante extraterrestre.

Se ha puesto a llover.

El tren recorre una llanura de canales sin sentido que en verdad son agujeros cuadrados en el agua.

Rusia demandó a la República de Asturias ante la Corte Internacional. Nos acusó de matar a nuestros propios ciudadanos. Limpieza étnica, genocidio...

–¿Rusia? –preguntó su sobrina, que le había estado esperando en la explanada de la estación, a un paso de un aparcamiento de bicicletas de tres plantas.

–Atabas la rueda de la bici y pensabas: la he dejado junto a una azul brillante...

–Y luego nunca encontrabas la bici azul brillante –cierra el abogado.

–Eso es: un coñazo.

–Los jueces le han hecho el trabajo sucio al agente ruso.

–Conozco un restaurante aquí cerca, en el Jordaan.

–Matar es necesario. Y, encima, da dinero. Los rusos tampoco son idiotas.

VEINTISÉIS

Se pone a pensar si es preciso que Lidia escuche que esa noche ha soñado que su padre murió en sus brazos. Y se pone a pensar eso porque su padre, en realidad, murió mucho antes de que todo esto empezara. Solo, detrás de un cristal, con un montón de médicos a su alrededor tratando de levantarlo para siempre. Y eso es lo raro: que su padre haya regresado para volver a morir y que lo haya hecho siendo ahora anciano y, lo peor de todo, con la compañía que no tuvo cuando murió de verdad. La primera vez.

Lidia le nota raro. Juega con la copa de vino vacío.

–No dices nada –dice ella arrepintiéndose de manera inmediata, que lo peor de todo son sus historias de antes, que son las que confirman que verdaderamente hubo un antes, antes de todo esto.

–Mi padre tenía 59 años cuando murió. Los muertos morían cuando tenían que morir. Y sus cadáveres, al final, eran ceniza.

Lidia sigue su discurso como puede: piensa que Diego debería estar ya en casa. Sabe que se ha detenido en la cantina de la empresa, sabe que prefiere alargar la vuelta. Y sabe todo esto porque hace tiempo que nada es igual que cuando entonces. Por qué los muertos que no mueren matan más que las ganas de vivir.

–Murió en mis brazos. Había cumplido cincuenta y nueve. Estaba en la cama. Me dijo que me acercara. Me mandó ponerle rosas rojas en su nicho: todavía había nichos. Me dijo: "No te olvides de mí".

Y no lo puedo hacer.

VEINTISIETE

"Hace falta saber.
Saber por qué vivimos como moscas.
Famélicas que gritan su deseo.
A la sombra de ríos desbordados".

(**Luis Cernuda**, *Hace falta saber*)

I

Dice Lidia que nuestro trabajo ya no la hace feliz.
Y yo le digo que la entiendo (pero no la entiendo).
Y le pido también que me entienda a mí (pero no me entiende).

Y le hablo de dinero. Y me discute. Y me dice que la vida es algo más que pasta (aunque es mucha). Y le digo que sí y le repito que este trabajo incluye casa. Un piso entero en el antiguo Ayuntamiento de Corvera. Entero.

–Está en el bosque: hay zorros y rebecos.

–No entiendes una mierda –me escupe.

II

Le digo a Diego que es mejor cenar solos, que después vienen las sonrisas, los besos, los olvidos, las sombras disipadas. Y que los muertos ya no me hacen feliz. Y él me insiste en que no, que es nuestro trabajo, que escuche a Herminio, que Herminio estuvo en el momento en que todo esto se vino abajo.

El muy imbécil piensa que lo que deseo es recordar que antes de los muertos hubo una vida normal en la que los vivos buscaban muertes solitarias, energías caducas y luces que se fueran apagando según íbamos saliendo del mundo.

Eso y la felicidad, unos muros destrozados, una esperanza y una derrota. El muy idiota.

VEINTIOCHO

"Ando sobre rastrojos de difuntos,
y sin calor de nadie y sin consuelo
voy de mi corazón a mis asuntos".
(Miguel Hernández, "Elegía", *El rayo que no cesa*)

Se ha estropeado una de las cámaras de la plaza del Ayuntamiento. Eso me lo repite el idiota de Diego. Como si la cámara rota fuera de su propiedad. La cámara vigila la entrada del Ayuntamiento. Allí hay una madriguera de muertos que no terminan de morir. Diego lo sabe bien. Un poco más arriba, en la plaza de Álvarez Acebal, acabaron con la vida (y con la muerte) de José Iván Ardid.

–¿Qué *whisky* es el que prefieres? –me pregunta. Y yo abro los ojos como platos.

Y es que Diego no es normal.

Me ha ordenado arreglar la cámara porque así se lo han transmitido desde la Fábrica. Y va y dice (y me explica) que la Fábrica parece un imán.

Los lamentos son fundamentales: la muerte de Ardid, su falta de reconocimiento. Y, después, la tristeza. La vida perdida intramuros.

Conducir por Avilés es como superar un *grand slam*: los que lograron huir cuando todo empezó y los que abandonaron todo en mitad de la nada. Hace un tiempo pudimos liberar la calle de Santa Apolonia. El puente levadizo de Portazgo y, entonces, cruzamos Los Campos, Las Vegas, llegamos a Villalegre; me acuerdo de que ahí al lado, justo ahí al lado, en el antiguo edificio de Correos, vivía mi hermano Jesús y me acuerdo también de que mi hermano Jesús perdió la vida antes de que los muros cerraran aquel día.

Y se convirtió en zombi.

VEINTINUEVE

"Se quedaron solos: aguardaban
la velocidad de las últimas bicicletas".
(Federico García Lorca, "Nocturno en Battery Place",
Poeta en Nueva York)

Leire, que es su sobrina y es emigrante añeja, dejó Asturias mucho antes de que los muertos empezasen a dejar de morir. Leire del Busto. Le ha estado esperando en una puerta lateral de Amsterdam Centraal. Te espero en la explanada de los tranvías de la Estación. Hay furgonetas de comida rápida y un aparcamiento de bicicletas cerca. Con mogollón de ellas. No tiene pérdida. Según sales, a la izquierda.

–Al principio, el juego iba de acordarte de cuál era la que tenías al lado. Pero eso era al principio. A la segunda que ibas a buscar tu bici y te encontrabas con que donde recordabas que la habías dejado había otra igual a un lado y a otro... Todas negras. Bah... Una se vuelve loca. ¿Qué tal ha ido todo en La Haya? –termina Leire.

–Te invito a comer. Tengo que quedar con el traductor Santiago de la Cruz. Sabe ruso.

Se imagina Carlos del Busto que tiene que contar que ha ido todo mal, que la demanda del Kremlin contra la República es como aquel 16-0 del Real Madrid

67

al Avilés Stadium. Sin embargo, cuando imagina todo eso, se da cuenta de que en realidad solo ha imaginado una fantasía recién nacida: un país entero de unos pocos kilómetros cuadrados que se liberan por la fuerza de los muertos que no terminan de morir.

–No ha ido bien, ¿no? –pregunta su sobrina.

Los dos cruzan las isletas donde paran los tranvías que trasladan a los viajeros a todas las esquinas de Ámsterdam.

Carlos del Busto tiene hambre

–¿Y tú, Leire? Te habías casado, ¿no?

TREINTA

"Es un explorador y ya sabes que están hechos de esperanza, respiran esperanza".

(**John Franklin**, en *The Terror*)

I

Alzan el puente levadizo de Portazgo y se pierden por Avilés.

Llaranes fue, en el comienzo de todo, el primer coto de caza: un muerto vivo por semana, entrañas con olor a perfume de Galeries Lafayette.

La dirección de Happy Team determinó que se lograba mayor productividad con patrullas de dos trabajadores. Y solo una pica y un casco con lámpara. Intramuros.

Los barrios se dejaron para el final, como el ensanche de una ciudad burguesa.

El cazador y el conductor se mueven ahora cada semana por un perímetro que incluye el Ayuntamiento, la Casa de Cultura, la iglesia de San Nicolás... Todo a menos de ciento cincuenta metros de distancia. Ni Diego ni Herminio quieren revivir lo de Sabugo: la montaña de cadáveres, la melodía del órgano en tirabuzón y salto mortal. Valentina.

Todavía te quiero.

II

Se ha estropeado una de las cámaras de la calle de la Cámara, que tiene cojones.

–Yo no la he roto –ha dicho Herminio.

–Hay que arreglarla –ordena Diego, que piensa que la pieza es suya.

Herminio sonríe y se relame viendo cómo Diego se satisface con su pica dorada y enhiesta.

TREINTA Y UNO

"Tiene un corazón enorme
que es mitad brújula, mitad linterna".

(Nick Miller, en *New Girl*)

Y en esta parte del discurso es cuando vuelve a contar lo de que Arkangel es una ciudad del siglo XIII que fundó Iván El Terrible a orillas del Dvina, una ciudad que se convirtió muy pronto en el segundo puerto más importante de todas las Rusias. Completas... Y a partir de aquí guarda silencio, sorbe un poco del vino de aquella semana, sonríe y les mira con esos ojos suyos tan apagados.

Herminio les dice que se va para casa, que le espera la cama, que hoy ha sido un día peligroso.

Y sé que entonces, justamente entonces, que Diego me vuelve a preguntar por el primer oficial de aquel barco y sé también que entonces, justamente entonces, le volveré a contar que Andrej Pedachenko había nacido en Norlisk, en el norte de Siberia, más allá del Círculo Polar Ártico: sobrino nieto de uno de los presos que había levantado el gulag en el que hacía años no crecían ni los árboles.

Lluvia de dióxido de sulfuro y níquel, vida ardida y envenenada.

–Cuarenta y cinco días de oscuridad, cincuenta y seis grados bajo cero y los pulmones desquebrajados.

–Estás borracho, Herminio. Quédate a dormir –me invita Lidia.

Y pienso en aceptar. Otro vino. Venga, otro vino. Solo tienes que bajar las escaleras

–Me han dicho que los rusos nos han demandado ante la corte de La Haya. No puedo pensar. Cuando no puedo pensar solo pienso en Valentina.

Sin cabeza. Perfume parisién, memoria de destrucción.

TREINTA Y DOS

*"Tengo que volver bueno para mí
todo lo ocurrido".*
(Oscar Wilde, *Epistola:
In Carcere et Vinculis. De profundis*)

I

Lo de sentir la necesidad de seguir contando es algo que todavía no se ha disipado de mi alma.

O de donde sea.

Porque ya sabes que todas las almas forman mil cuentos.

Ha pasado todo el tiempo innecesario desde el levantamiento de las murallas de Avilés y nuestras vidas se han transformado en preludios de muerte y solo muerte.

Pocos imaginan esta historia de sangre lenta: muros que rodean a los muertos que están vivos y una empresa que destila su sangre para hacer perfume.

Perfume.

Perfume de sangre.

Y aquí estoy, escribiendo bajo una luz que titila, en el antiguo salón de plenos del palacio municipal, pasando el pantano de las sombras y las nieblas.

Diego y Herminio se encargan de guardar casi trece kilómetros de la muralla.

Sola, bajo una luz que titila, comparto vida con quien una vez me hizo sonreír.

Los muertos son sangre por destilar, colonia en potencia que solo huele a mierda y solo a mierda.

II

La empresa me ha encargado un informe sobre todo lo sucedido.

TREINTA Y TRES

"La gran luz natural de los sentidos
no tiene fundamento donde anclarse".
(Guillermo Carnero, "Noche de la memoria",
Espejo de gran niebla)

I

—Elisa Fernández traspasó la muralla después de lo que le pasó a Ardid.

—No debió hacerlo.

II

Acordaron que el médico aguardaría a José Iván Ardid con el motor encendido en la plaza de Domingo Álvarez Acebal, acordaron que el cazador lanzaría el monstruo a la caja de la *pick up* y que después huirían a toda leche. Así que Ardid, con la pica al hombro, con el casco iluminado, cruza el umbral del hotel y seis minutos después escapa de allí a voces.

Una manada de muertos le pisa los talones. Herminio enciende el motor, Ardid corre hacia la *pick up* y salta a la caja de la furgoneta y, entonces, tropieza.

Tropieza.

Los muertos que rodeaban a los vivos tomaron la furgoneta y Ardid volvió a gritar. Herminio, en la cabina, con los ojos como simas, se quedó congelado: no pudo sacar la escopeta de debajo su asiento.

III

No sé si te he dicho que la que yo aprobé fue la última oposición convocada a cazador de zombis. La empresa dice que a partir de ahora solo habrá contratos indefinidos.

TREINTA Y CUATRO

"La muerte está siempre en camino,
pero el hecho de que no sepamos cuándo llega
parece suprimir la finitud de la vida".
(Paul Bowles, *El cielo protector*)

Ha pensado en el Ártico, en aquel submarino que se arrastraba por el lecho marino más gélido de todos: un mundo en el que no cabían los muertos. Lo ha pensado mientras ha estado seleccionando la botella de vino de este fin de semana. La muerte siempre está de camino. La muerte o la tristeza.

Hace años que Herminio descubrió su tristeza entera. Y también la que le arañó por completo cuando Valentina era todavía Valentina.

Helena Marqués al final solo fue imaginación.

–No me hables de ella.

–Nunca te he hablado de ella, Lidia –le replica. Helena Marqués dejó el camino de madrugada.

–Vio los muertos. La escondí en la furgoneta, traspasamos la muralla. Los vio todos.

–Herminio, eres gilipollas.

–Ella decía que quería conocer lo que escondíamos dentro, me dijo que quería aprender lo que no sabía, encontrar la explicación de todos los días, los que cambiaron del todo al comenzar a amurallar cadáveres.

Lo que pasó después es que los muertos que no terminan de morir murieron del todo. Y, entonces, Valentina reocupó el pensamiento que había invadido, de repente, a Helena Marqués, que había llegado a mi vida como un huracán, un huracán que se transformó luego en tormenta y ahora solo es orvallo.

TREINTA Y CINCO

*"Sucede que en el teatro, arte de la palabra
pronunciada, el silencio se pronuncia".*

(Juan Mayorga, *Silencio*)

I

Herminio guarda silencio. Siempre guarda silencio.
Sobre todo en las noches en que bebe más de la
cuenta.

Son muchas.

Todos los viernes sube las escaleras del palacio
municipal. Una botella carísima. Los cazadores de
zombis se libran de los aranceles. Solo tienen que
plantarse en los muelles de Gijón, esperar a que des-
estiben la carga de los barcos y decidir qué es lo que
se llevan para casa.

Los cazadores de muertos han conformado el
país que nunca quiso ser país, la nación que ahora
es objeto de investigación en la Corte Penal de La
Haya. Esclavismo, tortura, descarnada ausencia de
las reglas sociales. Una ciudad amurallada.

Así es como se cazan los zombis.

II

Primero fue José Iván Ardid y, después, Elisa Fernández. Y siempre Valentina.

III

–Herminio está mal
  –Herminio es un tipo duro, Lidia.

TREINTA Y SEIS

"–No siempre lo comprendemos,
pero Dios tiene un plan.
–Lo sé, pero ¿por qué la gente piensa
que es un buen plan?"
**(El Padre Frank y Lucifer Morningstar,
en** *Lucifer***)**

Hace tiempo que tiene la sospecha: el monte Elbrús, en medio del Cáucaso.

Pero no termina de creérselo.

Lidia se ha sumergido en internet y ha constatado que el primer ascenso al monte Elbrús se produjo en 1829 y el segundo muchos años después.

Un monte con dos cimas, dos volcanes en uno.

Le ha preguntado varias veces a Herminio por la historia del monte ruso, pero él no ha respondido nunca nada. Solo ha repetido la movida del barco con bandera con hoz y martillo, la llamada al consultorio, el cerco al navío.

–Mejor no suban –han escuchado al tiempo Herminio, el teniente de la Guardia Civil y también el oficial de la Policía del Puerto...

Han pasado todos los años del mundo y Lidia solo hace balance de todo lo acontecido: el atraque de aquel barco procedente de Arkangel, el primer oficial masticándose a sí mismo, el terror entre los compañeros de tripulación...

Lidia echa mano de un calendario alocado: un zambombazo en la fábrica de cobre de Norilsk, la huida de los vecinos. Y, después, el ascenso al monte Elbrús por parte de los supervivientes. La paz entre las nieves, su búsqueda entre el hielo.

–Yo creo que ahí fue cuando nació Pedachenko.

–¿En la montaña?

–La de los supervivientes. Pero no.

TREINTA Y SIETE

"Básicamente, vivimos una vida corta
y decepcionante y a continuación morimos".

(Irvine Welsh, *Transpotting***)**

Despierta sobresaltado, como si una batería de ca-
ñones anunciara que el día ha llegado.

Herminio Loredo hace tiempo que no es Herminio
Loredo. Era médico, piensa. Era médico y era feliz, se
dice. Un médico feliz siendo protestón, sindicalista
amarillo. El Gobierno nos ahoga con nuevas carti-
llas: dos mil y pico, como cuando todo estalló, como
el minuto anterior al atraque en la dársena de San
Agustín del Arkangel, el barco del muerto que se estaba masticando con la templanza del monje cartujo.

Un hombre feliz, enfermos de lunes, recetas
constantes y videollamadas. No, no, es solo un anti-
biótico al día. Un médico de barrio que un día recibe
un aviso de urgencia: en los muelles, una bandera
con hoz y con martillo, un tiempo que ha pasado y
que es historia rancia, un país de otro tiempo, mierda de generación X... La crisis que le inundó cuando
abrieron la puerta del camarote de Pedachenko sigue hundiéndole en su propia vida, como si su propia
vida se hubiera convertido en el pozo en que todo es
nada y la nada se eleva y se transforma en ese todo

que no consigue matarle. Ni siquiera después de haber visto a su mujer en bucle, sobre los teclados del órgano de la iglesia nueva de Santo Tomás de Canterbury. Siglo y medio de novedad. No bebas más, pero su vida se ahoga como sus recuerdos. Desde que empezó la historia que le llena de sangre todos los domingos, cuando atraviesan el puente levadizo de Portazgo, cuando alcanzan la plaza de España, cuando Diego ensarta el nuevo muerto que no termina de morir de cada semana.

Y tú no estás ya, Valentina.

TREINTA Y OCHO

*"La vida es infinitamente más extraña
que todo lo que la mente podría inventar".*
(Arthur Conan Doyle, *"Un caso de identidad"***)**

Ni te imaginas lo que sucedió entonces.

Nadie se lo imagina.

Herminio lo sabe porque se lo contaron hace años. Los cuentos que explican cómo fue el pasado son los mejores cuentos de todos.

La muerte empieza en Norlisk, un gulag de cobre por miles de toneladas más allá de la última línea civilizada.

Eso lo sabe desde el principio de todo esto: Herminio Loredo es el último hombre que fue libre, el último que sabe que el pasado no empieza a la vuelta de la esquina, que hasta llegar a la esquina se hubo de recorrer una avenida completa, que la vida es una revolución y la violencia un camino de lápidas.

Luego viene el monte Elbrús, en medio del Cáucaso; cinco mil seiscientos cuarenta y dos metros por los aires.

–No te sigo.

–Es normal: hace tiempo que pienso a noventa y seis grados de alcoholemia.

Eso es lo que le digo yo, pero en lo que estoy pensando en realidad es una cosa distinta. Tanto que ni me imagino en la diferencia. Pero es mentira: un enfermo, una estancia hospitalaria, una muerte dulce, lágrimas de fuego y hielo y la primera explicación que da forma a la nueva verdad.

–¿Habías pensado que la vida era esto donde te encontraste un día de repente?

–Hace tiempo que no pienso.

TREINTA Y NUEVE

"No se hagan los héroes: es un trabajo de mierda".

(Jessica Jones, en *Jessica Jones*)

El cazador y el conductor se mueven por un perímetro que incluye el Ayuntamiento, la Casa de Cultura y la iglesia de San Nicolás. Ni Diego ni Herminio quieren revivir lo de Sabugo: la montaña de cadáveres, la melodía del órgano en tirabuzón y salto mortal.

Los héroes no responden del tiempo.

Hay que reparar una cámara en la plaza del Ayuntamiento. Lo ha dicho Andrés Ortuño. El control de cámaras está en la fábrica, junto a la sala de despiece y el horno de destilado, el paso previo a la sepultura. Allí es donde trabaja Andrés Ortuño.

—Tú cazas, yo conduzco.

—Y cuando se rompe una cámara, entramos tú y yo.

—Y tú no dices nada de José Iván Ardid —responde el exsindicalista.

—Porque está muerto.

Herminio Loredo lo sabe y lo admite: José Iván Ardid está muerto. Pero también sabe que la verdad completa no es tan pequeña como una circular de la empresa.

—No pares —le dice Diego, que por fin parece que ejerce su mando.

–Nunca paro... Ni cuando descubrimos a Valentina.

–Deja de lamentarte. Tenemos que cambiar la cámara. No podemos esperar que los monstruos distraigan el presente. ¿Te gustan los viernes en casa, con Lidia y una botella de vino?

Y solo piensa que sí.

Y lo piensa porque desecha la idea de que Diego conozca que hace tiempo que camina por un hilo de dos filos que corta tanto como un hacha de dos hojas.

CUARENTA

"That's life".

(**Frank Sinatra**, "*That's life*")

I

Ha pensado en el Ártico, en aquel submarino en el lecho marino más gélido de todos: un mundo en el que no cabían los muertos que no terminan de morir. Lo ha pensado mientras ha estado seleccionando la botella de vino de este fin de semana.

Lidia sobre todas las cosas.

II

Y ha pensado en todo esto mientras guardaba silencio, mientras Diego volvía a explicar las órdenes de Andrés Ortuño.

La mierda de los muertos rumiando el momento presente.

—A ver, Herminio.

A ver Herminio, pollas. Esto lo ha pensado.

—Nuestro trabajo es llevar a la sala de despiece un muerto nuevo cada semana.

Parece que los muertos nuevos son como las pilas supersónicas que desatenazan el tiempo presente.

Un muerto vivo rompió la cámara que asegura la vida de los cazadores de zombis.

–Vámonos.

–Mi mujer, no sé por qué, sigue pensando que eres una buena persona, Herminio.

CUARENTA Y UNO

"Nos damos cuenta de que todos vamos a morir,
sin encontrar realmente las grandes respuestas".
(**Irvine Welsh**, *Transpotting*)

I

Alzan el puente levadizo de Portazgo y se pierden por Avilés. Herminio se pone melancólico y habla de Valentina. Se escucha la mentira de que murió una noche de tormenta consumida por su soledad y por el final de los tiempos. Bebe dos sorbos de la botella de Talisker que guardan en la guantera y, entonces, la recuerda muerta por estar muerta.

II

La cámara destrozada es la del primer tramo de la calle de la Cámara.

−Aquí al lado se comieron a Ardid.

Diego no responde porque lo que quiere es decir que Ardid murió por haber optado por su torpeza... Pero guarda silencio. En el fondo sabe que eso que piensa está más cerca de la idiotez que de la verdad, pero también sabe que no quiere admitir el eco que se escucha en los últimos meses en la taberna de Franqueira.

Ardid y ese reconocimiento de los cojones.

–Vigila –ordena al exmédico.

Diego coge la escalera de la *pick up* y la estira contra la farola de plomo de finales de siglo pasado, de cuando Avilés todavía era Avilés y no una jaula de seres humanos con almas extirpadas, materia prima de perfumes de muerte y explosión.

–Pásame la cámara buena.

CUARENTA Y DOS

"El hombre y su presa,
el hombre como cazador,
el hombre y el animal".

(Leon Edel, *Bloomsbury*)

Lo del barco fue como una película de terror. Lo recuerda otra vez Herminio.

Está tumbado sobre su cama. Una lámpara crea la sombra del exmédico sobre la pared blanca de su cuarto.

El exmédico se desahoga al volante. El puente levadizo de Portazgo, la entrada por Los Campos, Las Vegas, el río Alvarés. Nunca supo bien si era Alvarés, Álvarez o Alvaré... el río que es el límite entre Corvera y Avilés.

Se acuerda del barco con bandera soviética, de la orden de clausura de la ciudad de Avilés, de la Policía Nacional y de la Guardia Civil; de los camiones, de las estructuras de hormigón, de la muralla. Los muertos que no terminan de morir tenían que quedarse dentro de un círculo sanitario que la oposición reclamó bombardear desde la bahía. Cañonazos para destruir la destrucción. El Gobierno, el primer Gobierno, no pudo: Ni barcos ni cañonazos. Que se mueran solos, que se coman solos. Herminio dice que fue el Ejército quien le sacó de Avilés. Dice también que le metieron en la caja de un camión y le sacaron superando cadáveres amontonados que aún no habían revivido. Le dijeron que había sido el primer médico en ver los cuerpos corrompidos. Y el presente. Y el pasado. Y la vida entera descompuesta.

Sigue ahí tumbado, en la cama, con su sombra dibujada en la pared blanca de una habitación que fue despacho del Secretario General, cuando el palacio municipal de Corvera era eso y no la vivienda de los dos cazadores de Portazgo.

Sin Valentina.

CUARENTA Y TRES

"Berna– Me he despertado soñando con agua.
Usted habrá tenido ese sueño,
si es una verdadera coleccionista".

(Juan Mayorga, *La colección*)

Le suena el móvil.

–Dime.

–¿Cómo estás?

–¿No sabes qué hora es?

–No me vengas con esas, Herminio –dice Lidia.

–Es tarde.

–¿Cómo estás?

Le quiere decir que dormido, pero sabe que Lidia
no le iba a creer.

–Le voy a dar unas hostias a tu marido –anuncia
el exmédico.

–Si quieres te ayudo yo, pero después de que
volváis, después de que crucéis de nuevo el puente
levadizo.

–¿Me quieres muerto? Valentina...

–Valentina no estaba contigo.

–Se quedó en el coro de la iglesia.

–Tocando el órgano.

Todos habían atendido la llamada de las campanas del templo de Sabugo. Dios nos iba a salvar.

–Sube. Emborrachémonos.

–No tengo ganas.

–¿Qué pasa? ¿Te toca ahora lamentar lo que no tiene solución? Mañana tenéis que arreglar la puta cámara. ¿Tú crees que quiero perder a Diego?

CUARENTA Y CUATRO

"A veces solo entramos para sentir el paso del tiempo.
Para asomarnos al abismo del tiempo.
Esas cosas contienen tiempo,
todo el que ha ido sedimentando en ellas".

(Juan Mayorga, *La colección*)

I

Dejé la medicina y comencé a cazar zombis al poco de desembarcar del Arkangel. Cuarenta horas semanales, palacio compartido, dieciséis pagas al año, plaza en propiedad.

Los funcionarios acabados.

II

Hay una bandada de muertos que se arrastra desde el Atrio y se acerca hasta la farola de plomo, hasta la escalera.

–Termina, coño.

Diego no baja de la escalera contra la farola de hace medio siglo, de cuando Avilés todavía era Avilés.

Conecta el cable con el artilugio.

–¿No los ves?

–Espera. Llama a la Fábrica. No sé si está bien enfocada. No quiero volver mañana.

–Se acercan.

La bandada de muertos comienza la subida. La óptica de Balbuena.

–Llama, cojones...

Pero al otro lado comunican.

CUARENTA Y CINCO

"Míralos, como reptiles, al acecho de la presa".

(Luis Eduardo Aute, *"La belleza"*)

Herminio Loredo, el exmédico, sujeta la escalera portátil contra la farola de hace medio siglo, de cuando Avilés era Avilés y no una jaula de seres humanos con almas extirpadas y soledad de soledades.

Había dirigido uno de los laboratorios de inmunología del Hospital San Agustín. Antes de todo esto.

–Hola, me llamo Covadonga Villanueva. Esto lo supo después.

Bastante después.

Ahora él está ahí, sujetando la escalera que Diego encontró en la *pick up*.

Diego se ha subido a la escalera: ha cambiado la cámara del primer tramo de la calle de la Cámara. ¿Te acuerdas? Justo encima del dintel de la tienda de Movistar.

Pero no enfoca.

–No enfoca.

Herminio no se ha cansado de repetir que cambiar la cámara de vigilancia no es tarea que le incumba, que Herminio conduce la furgoneta de Diego, que Diego es el que tiene que armarse con la pica, cargar con el muerto y lanzarlo contra el maletero de la furgoneta como una palada de arena de una trinchera.

La bandada de muertos que no terminan de morir se va acercando lentamente hasta Herminio y hasta Diego. Paso a paso y maúllan. La bandada de zombis se arrastra como una serpiente sobre un manto de hojas barrosas. Y maúlla.

La escalera. Los zombis. Y, de repente, Covadonga.

CUARENTA Y SEIS

"¿Y tú crees que alguien vive en estos tiempos?"
(Harry Dowes, en *La condesa descalza*)

Carlos del Busto disfruta desmontando la verosimilitud de los peritos que defienden, por ejemplo, procesos industriales sin tener ni puta idea de los procesos industriales.

—Te invito a comer —insiste el letrado recién desembarcado.

Leire del Busto y su tío Carlos se han encontrado en la explanada de los tranvías de Amsterdam Centraal.

—Conozco un restaurante aquí cerca, en el Jordaan —dice Leire.

La sobrina y el abogado callejean por Brouwersgracht hasta llegar a Prisengracht.

—¿Y tú no te habías casado?

—Estuve a punto.

—¿Qué fue?

—Que se fue. ¿Ganaremos a los rusos?

El abogado le pide un cigarro a su sobrina.

—Lo estoy dejando.

—Ya.

—La mejor manera es no comprar.

Los dos caminan en silencio bordeando el muelle de Prinsengracht. Insiste en que está muerto de hambre, que ha dejado los *croissants* de la merienda, que la mañana ha sido una invasión naval y que quiere dejar de pensar. Y es entonces, precisamente, cuando nadie escucha la detonación que empuja a Del Busto, de espaldas, al canal de los Príncipes.

CUARENTA Y SIETE

"I ran from a building. It was dark. I was frightened".

(Criatura a De Lacey, en *Frankenstein*, **Nick Dear)**

–Que te des prisa, cojones.

Lo que le pasa a Herminio, en ese momento, es que no quiere cobrar el tercer cadáver.

Bueno, en realidad, el segundo: José Iván Ardid y, ahora, Diego Llorente. Diego, todavía no. Diego está apoyado contra la farola de plomo, con el teléfono móvil en la oreja, esperando un sí de la sala de control de la Fábrica. Un sí, desde luego; un sí, déjalo ya; un sí, allí viene una bandada de monstruos con ganas de saciar su falta de energía.

–Que te des prisa, que los tenemos a un paso.

No era un paso: eran veinte. Los muertos que no terminan de morir huelen como un matadero lleno de moscas azules.

–Hala, ya está –dice Diego mientras salta de la escalera– ¡El coche! El coche es la *pick up*. Herminio intenta encender el motor, se cala.

–Empuja.

–Que empujes.

Y él empuja.

La furgoneta se ha calado, los muertos se arrastran como serpientes sobre cieno de hojas barrosas.

Y por fin arranco. Diego salta al maletero, busca la escopeta, carga y grita fuerte.

–Por Rivero, cabrón.

Y entonces rajo la Plaza de España como un hacha la cabeza de un invasor.

CUARENTA Y OCHO

"Yo nunca había sido de las que insisten
en buscar un sentido a la vida,
a mí lo que me llamaba era vivirla".
(Ida Silver, en *Mr. Mercedes***)**

Leire del Busto ha vuelto a telefonear a Lidia. Le ha dicho que alguien le ha metido una bala entre ceja y ceja a su tío, el abogado de la República de Asturias.

Estudiamos juntas en Oviedo: cuando todo era todo y ese todo aún no se había transformado en colección de grietas y agujeros por donde se escapaba el universo.

–Le han matado, Lidia –musita.

Leire quiso ser periodista, pero el periodismo no la quiso a ella.

Leire se gustaba herida por el rayo. Lo explicaba todo: cambiaba el fracaso y sus mentiras por certezas y cuentos.

Cogió dos maletas, un avión y aterrizó en Ámsterdam. Primero fue una teleoperadora que atendía a millonarios argentinos que descubrían que Europa no es el paraíso que le habían prometido. Pasó después por el gabinete de comunicación de la misma agencia de internet cuando probaron que dominaba el holandés con suficiencia suficiente.

El holandés es una mierda de idioma.

–Y los holandeses, así, en general, imbéciles completos. Betje ha salido representante en los Estados Generales –le soltó a Lidia a bocajarro.

Lo demás fue trabajar en Benninhof para su prometida. Lo que pasa es que Betje Bos, un día, dijo que no podía casarse con ella porque no quería perderla de su lado.

Quedé con mi tío en el aparcamiento de bicicletas en que ella y yo nos conocimos.

CUARENTA Y NUEVE

"En esta casa hay demasiada realidad".

(Nadia, en El mago, **de Juan Mayorga)**

I

Así que hay un muerto. Así que hay un tiro y un cadáver. Un muerto como los de antes. Un muerto de verdad y un canal.

II

−Lidia.
   −Dime.
   −Lidia.
   −Estás llorando.
   −Un tiro.
   −No te entiendo.
   −Le han pegado un tiro −dice Leire.

III

Lo demás es lo normal. El tiro.
   La bala.

El muerto normal.

"Tienes que hablar con el presidente".

Esto lo ha escuchado una vez, dos veces, cien veces. Esto se lo han dicho a Leire: Lidia y también el Embajador asturiano en el Reino de los Países Bajos.

–Un tiro, un muerto normal.

CINCUENTA

"-Tal y como cuentas tu
historia, ¿sabes qué parece?
-¿Qué?
-Una historia".
(Olgaren a Piotr, en *Drácula***)**

Mi cazador conoce el siguiente capítulo. Y el siguiente al siguiente.

Los últimos años han servido para congelar todas las horas del mundo. Luz, fuego y destrucción. Las historias y los cuentos arman la memoria, amueblan el cerebro y me permiten seguir siendo una sombra, un sueño más.

Conduzco a trompicones, como si la calle de Rivero fuera un camino de brasas encendidas.

–Joder joder joder... –dice él como para darse ánimos después de incorporarse en el maletero, con la escopeta en la mano..., pero yo quiero que se disuelva.

Se pone a pensar en la cámara vieja, en la cámara rota, en la farola, en las escaleras... y, sobre todo, en aquella bandada de hijos de puta que había salido de El Atrio y se dirigía al Ayuntamiento.

–Ahí es donde deberíamos colocar la estatua de Ardid –le he dicho a voces justo cuando traspasamos el inicio de Rivero, entre el palacio del cine y el quiosco viejo.

Y guarda silencio cuando lo que debería hacer es decirme que no, que no está acordado, que la empresa no ha dado permiso, que no vamos a conseguir recordar a nuestro primer muerto. Y no deja de ser una paradoja: un muerto muerto a dentelladas.

La furgoneta ya está a la altura de la puerta del parque de Ferrera. No digo nada. No quiero decir más nada. En ese parque jugué con mis hermanos.

Hace años.

CINCUENTA Y UNO

"La vida es, en general, una bendición,
con independencia del estado futuro...
y tenemos todos los motivos para pensar
que no hay más maldad en el mundo
más que la absolutamente necesaria".

(Robert Malthus, *Primer Ensayo sobre la Población*)

I

Leire me lo acaba de decir. Han matado a su tío. Un disparo. Estábamos paseando al borde del canal. Un tiro. Carlos del Busto, abogado del Estado, representante de Asturias en la Corte Penal Internacional. Venía de La Haya.

¿Y qué hago con esta historia?

Y así, con esa duda, es cuando Lidia borra el párrafo del correo electrónico que acaba de empezar a redactar.

Los cazadores de muertos han conformado un país que nunca quiso ser país, la nación que ahora es objeto de investigación en la Corte Penal de La Haya. Tortura, descarnada ausencia de reglas sociales..., todo lo que sabe bien Lidia Sánchez, que de cuando en cuando se acuerda del mundo antes de este mundo.

–¿Por qué eras periodista? –le repite Herminio Loredo.

Todos los viernes, todas las noches escaleras arriba, vino en el regazo.

–Lo peor es que tú decidieras cambiar la Medicina por la caza de zombis.

II

Del Busto cayó a uno de los canales de Ámsterdam. Tengo que acordarme de preguntarle a Leire en cuál de ellos. Un tiro, un abogado, una vista internacional.

Arkangel.

Avilés.

CINCUENTA Y DOS

"No se muera, vuesa merced, señor mío, sino tome mi
consejo, y viva muchos años; porque la mayor locura
que puede hacer un hombre en esta vida es dejarse
morir, sin más ni más, sin que nadie le mate,
ni otras manos le acaben que las de la melancolía".
(**Miguel de Cervantes**, *El ingenioso hidalgo Don Quijote
de La Mancha II. 74*)

I

No te matas porque no sabes morir. No te matas
porque no sabes todavía qué haces en el mundo. Y
podrías matarte. Traspasas la puerta. Y solo tienes
que caminar. Un paso. Dos pasos. Y una bandada de
bichos que te araña, te mordisquea y te deja como
carroña y vómito de muerte.

No te matas porque quieres seguir matando.

II

El último tramo de Rivero, el del bar Filan, tú te
acuerdas. Los muertos de La Cámara se han perdido
en el lío de calles que salen de la Plaza de España.

Herminio Loredo da volantazos, acelera, se recompone, deja a los muertos muertos a dentelladas.

–¿En qué coño estabas pensando? –finalmente le grita Diego desde el maletero.

–Te he salvado. Siempre te salvo –responde el exmédico en la cabina del vehículo del palacio municipal de Nubledo.

Pero solo se escucha el tosido bronquiolítico del motor de la *pick up*. Y la bronca de los dos cazadores huyendo de la muerte por las calles.

III

No te mates.

CINCUENTA Y TRES

"A oriente y occidente del muro quedaba la parte
sin restaurar de Berlín, un mundo a medias,
un mundo de ruina dibujado en dos dimensiones".
(**John Le Carré**, *El espía que surgió del frío*)

Franqueira no puede vender alcohol por encima de diez grados. Lo dicen las ordenanzas. Esas ordenanzas fueron el primer documento que aprobó el Gobierno de la República cuando decidió explotar comercialmente la sangre de los zombis.

Cada uno de los cazadores puede únicamente hacerse con un monstruo por semana. Eso también está en las ordenanzas.

Los muertos son la sal de la vida.

Estaba fuera de la imaginación pensar que esos bichos pudieran reproducirse.

En la Fábrica los científicos solidifican el plasma de los muertos y luego lo licuan y después hacen como que descubren. Los ingenieros de Happy Team convierten los restos mortales en vida evanescente. Y luego vienen los comerciales, los que viajan a Francia.

Franqueira no puede vender alcohol por encima de diez grados, pero los cazadores reclaman que se salte la ordenanza.

–Un *whisky*, joder.

Pero ni *whisky* ni joder. Como máximo, una cerveza.

La cantina de Happy Team fue antes de todo esto la cafetería de Los Balagares.

–Mira, allí estaba el tren de bandas en caliente.

–¿Qué hacían? –pregunta Dimas, el del antiguo centro de salud de Raíces.

–Aplanaban el acero –responde Herminio, ya en el nido de ametralladoras.

Dimas entonces se calza los prismáticos.

–¿No hay un portón abierto?

CINCUENTA Y CUATRO

"Everyone I know
Goes away in the end".
(**Johnny Cash**, "*Hurt*")

Los restos mortales del abogado Del Busto están sobre una mesa de autopsias, en el sótano del Academisch Medisch Centrum, el Hospital Universitario de Ámsterdam. Leire no entiende la razón: le han pegado un tiro, cayó al canal y ya está. No hace falta ser un lince para saber de qué ha muerto. No hay más misterio. Leire espera fuera, en uno de los aparcamientos de bicicletas del hospital, con un café de cartón piedra en la mano. Como si no pasase nada, como si pensase que no debería estar ahí, aguardando el resultado de una autopsia, como cuando era periodista.

Se ha hecho de noche. El frío congela el tiempo y las ideas propias. Ha dejado el café, juega con el móvil. Ha marcado el número de Lidia Sánchez. Se lo ha contado todo: el tiro, el canal, el corazón desbocado, que ha llegado la Policía y un fiscal. Y un médico. Y también que la ambulancia se ha dado la vuelta. La furgoneta de la funeraria no. Un motorista le ha abierto paso. En el Jordaan no cabía ni un alma desdoblada.

Por eso está allí: en uno de los aparcamientos de bicicletas del Universitario.

Ha llamado a Betje Bos, a su chica, diputada socialista, holandesa normal. Le ha dicho que coge el coche y que se planta en Ámsterdam en cuanto pueda, que le ha pillado en Benninhof, en el parlamento. Será rápido, ha pensado Leire.

El que no está es el Embajador de Asturias. No lo localizan.

—Han matado al delegado Del Busto —le ha contado. Y, después, es cuando Leire recibe una llamada.

—Sí, señor Presidente.

CINCUENTA Y CINCO

"El mundo es igual de asqueroso hoy que ayer".

(Greg House, en *House* M. D.**)**

Dimas lo viene observando desde hace un rato: parece que está abierto uno de los portones de la nave del tren semicontinuo.

El 73. Por debajo de las tuberías de gas de cok.

Con esa nave se tenían que haber ahorrado uno de los dientes de la muralla. Dimas observa tras los prismáticos. Ya ha llegado al antiguo hotel de Los Balagares: donde la cantina de Franqueira y las oficinas de la Fábrica.

Esta noche hay asamblea.

−¿Cómo se llamaba aquello? −pregunta Peñas.

−Primero hacían *slabs* y luego bobinas. Mi abuelo trabajó en Arcelor.

Peñas es el marido de María San Narciso, la cazadora de La Granda: un palacio con aire de chalé alpino a orillas de un pantano de mentira, un mar plano rodeado de conejos una madrugada veraniega. Quedó fuera de las murallas de Avilés. Y también las truchas. María San Narciso siempre ha pescado. Antes de que comenzara todo, en el cañón de Avilés, y, ahora, en la orilla de aquel embalse. Salmones, truchas..., el cielo.

–Me tendríais que invitar a vuestra casa.

–Ven cuando quieras.

–¿Nos empezamos a preocupar por esa puerta? –pregunta Peñas.

–No sale nadie –le tranquiliza Dimas antes de devolver la mirada a la puerta del edificio del antiguo hotel–. Y allí dentro nos están esperando estos.

"Estos" son el resto de los cazadores de zombis de la empresa Happy Team. Esta noche hay asamblea.

CINCUENTA Y SEIS

"Casi morir no cambia nada, morir lo cambia todo".

(Greg House, en *House M. D.***)**

No te matas porque no sabes morir, porque no sabes lo que te espera cuando al final rechaces el parpadeo. No te matas, pero deberías estar muerto. Muerto de verdad, muerto para siempre. Y sigues aquí, con la mirada turbia y el corazón agrietado.

–Te doy el coñazo.

Lidia no quiere darle la razón. Herminio está jodido, como un rascacielos tras un terremoto. Nunca se lo hubiera dicho: como un rascacielos tras un terremoto.

Los viernes son mejores porque Herminio sube las escaleras del antiguo palacio municipal de Nubledo.

–Un poco sí...

Pero no pasa nada, tío. Que Diego no alcanza ni siquiera esa meta. Herminio, Lidia y Valentina. Valentina Expósito en el coro de la iglesia de Sabugo, con los dedos deslizándose por los teclados, como si los muertos que no terminan de morir pudieran estirar más la vida que no tienen cuando escuchan ese preludio de Chopin.

–Han matado al abogado Del Busto.

–¿Quién es ese? –pregunta Herminio.

–Lo mandamos a La Haya a defender la caza de los monstruos.

–¿Y qué ha pasado?

Le dice lo del tiro, lo del muelle del Jordaan. No le dice, sin embargo, lo de la vista en la Corte Penal.

–No me olvido de Valentina.

Valentina es una nota atronadora cubierta de sangre.

.

CINCUENTA Y SIETE

"Se volvió un solitario perteneciente a esa trágica clase de hombres activos prematuramente privados de actividad; nadadores alejados del agua o actores desterrados del escenario".

(John Le Carré, *El espía que surgió del frío*)

Han pasado todos los años del mundo y Lidia hace balance de lo acontecido: del atraque del Arkangel, del primer oficial que se mastica, del terror entre los compañeros de tripulación...

Los que escaparon tras la bomba de níquel de Norlisk descubrieron que el mundo era mayor que el territorio que rodeaba el frío. Se establecieron arriba del monte Elbrús. Les empujaron. Una colonia salvada a cinco mil y pico metros de altura.

Lidia Sánchez se aprovecha de la memoria de Herminio Loredo: le coloca en la consulta de La Magdalena, en el coche, en la dársena de San Agustín. Un barco con una hoz y un martillo, guardias civiles, un pasillo duro y metálico hasta llegar a la puerta.

–Ahí está Andrej Pedachenko.

Resulta que Andrej Pedachenko fue la mecha que volvió a incendiar el mundo.

–No te lo puedes imaginar: se estaba comiendo a sí mismo.

Esa imagen de sangre en el camarote se ha esculpido en la memoria del exdoctor que bebe todos los viernes por la noche vino pijo junto a Lidia Sánchez en el piso de arriba del exayuntamiento de Corvera: el último cazador vivo de una empresa de muertos.

–Se ha roto una cámara –le comunica Diego, el marido de Lidia.

–Pues que manden a Andrés Ortuño. ¿No está para eso?

–Mañana tenemos que volver dentro. No te mates.

CINCUENTA Y OCHO

"Vivir sólo consiste en distraer el pánico".
(José Manuel Alcántara, en *Asignatura aprobada*,
de José Luis Garci)

Lo que se celebra es una asamblea. Esta vez no ha sido el comité de empresa de Happy Team el que lo ha convocado.

—Dame una cerveza —reclama Herminio.

Franqueira abre el grifo del cañero y llena un vaso de pinta.

Todos esperan que sea Herminio el que empiece a hablar, pero Herminio calla.

—A ver, Herminio... —le anima uno, por animar.

—A ver Herminio, pollas —señala el exmédico antes de meterse para el cuerpo medio vaso de un trago.

Todos son conscientes de los problemas: un país nacido en torno a una fábrica de muertos que no terminan de morir, un trabajo secreto, un cadáver de los nuestros. Necesitamos que se le reconozca. Y es que el reconocimiento de José Iván Ardid, el primer muerto, es el reconocimiento de todos ellos.

Alguien quiere hablar.

—¿No os acordáis cuando aún no habían levantado las murallas? —pregunta

Dimas.

Herminio se acuerda de todo. Se acuerda de Andrej Pedachenko masticando su propio brazo en su camarote del Arkangel, se acuerda también del primer mordisco que hizo pie en Avilés. Y de la ola siguiente. Se acuerda de todo porque a Herminio lo que le sobra es memoria.

–¿Qué pasa? –se indigna el exmédico porque ninguno de sus compañeros, ninguno de los empleados de Happy Team, quiere hablar.

CINCUENTA Y NUEVE

"Has llegado a tu casa, y, al entrar,
has sentido la extrañeza de tus pasos".

(**Luis Rosales**, *La casa encendida*)

Porque todo es igual, y siempre lo has sabido, *te has sentido solo, humanamente solo, definitivamente solo.*

Y así todo el tiempo. La casa encendida.

Cuando Herminio Loredo baja las escaleras del palacio municipal de Nubledo y traspasa el umbral de su casa, enciende todas las luces y piensa, como el poeta Luis Rosales, que no sabe para qué sirve *ese silencio que es como un luto de hombres solos.* Lo sabe Lidia, se lo ha dicho a Lidia, se lo dice siempre a Lidia..., pero Lidia parece que se consume en la templanza de las palabras que no pronuncia.

Todos los viernes repite que es bueno cenar ajenos al toque de queda. Herminio vive en la planta baja del antiguo Ayuntamiento de Corvera. Sube las escaleras burocráticas y se postra en la jamba de la puerta con una caja de botellas de vino de Burdeos.

No consigue entender por qué Lidia no arranca, huye, vuela y deja a Diego asomado al ventanal que se alumbra con el croar de las ranas y el aullido de los lobos. Nubledo es como la jungla. Los muertos que no terminan de morir han transformado el presente y han manipulado el pasado.

–Siempre piensas de más –le dijo un día Lidia y Herminio abrió los ojos más de la cuenta.

–Pensaba que no me escuchabas.

SESENTA

Han pasado todos los años del mundo, escribe Lidia Sánchez. Y, entonces, cambia la pantalla del ordenador por la monotonía de la lluvia tras los cristales. *Han pasado todos los años del mundo.* La lluvia se apura y Lidia también se apura. Piensa en contar que tras las murallas de Avilés son los muertos que no terminan de morir los que no apuran el tiempo que les queda. Los muertos que no terminan de morir solo tienen una velocidad y un objetivo. Y todo el tiempo del mundo.

Sabe Lidia que así no se comienza ningún informe.

La empresa quiere saber por qué están muertos José Iván Ardid y Elisa Fernández. Lidia quiere poner por escrito también que solo una sola plaza de cazador de zombis de la empresa Happy Team la ocupa una mujer.

Lidia Sánchez siente que las horas pasan más lentas cuanto más lejos está el exmédico de ella. Herminio Loredo raja la plaza del Ayuntamiento como un hacha la cabeza de un monstruo.

Las ruedas de la furgoneta salvan los baches de los restos muertos sin recoger.

–Todos estos muertos son dinero –le reprocha el imbécil de Diego.

Valentina tras el órgano de la iglesia de Sabugo, la orquesta del Titanic antes del hundimiento. No bebas más. No bebe más. Solo piensa en el momento en que era un médico de barrio, un sindicalista de mierda, un hombre sin muertes.

–Enciende el motor, joder.

Y, entonces, arranca.

SESENTA Y UNO

"Sí, ahora quisiera yo saber
para qué sirve el gabinete nómada y
el hogar que jamás se ha encendido".

(Luis Rosales, *La casa encendida*)

I

Andrej Pedachenko tenía que haber nacido en la ciudad de Arkangel y, sin embargo, lo hizo en el hospital de Norlisk, más allá del Círculo Polar Ártico.

Fue hace cuarenta y cinco años.

Andrej Pedachenko es el primer vivo muerto. Se masticaba aquella mañana en el camarote donde lo descubrió Herminio Loredo cuando aún era médico.

Lidia Sánchez ata cabos con las historias deslavazadas del exmédico convertido en cazador. Él bebe vino de Burdeos y ella toma nota en su cabeza.

II

Herminio lo cuenta y lo vuelve a contar. Era médico. "Era médico, Diego".

Diego soy yo. Soy uno de los cazadores. Diez cazadores. Cinco turnos.

Y diez conductores.

Herminio es el más antiguo de nosotros. Me ha tocado ser su jefe –él no tiene la titulación adecuada– y no lo lleva muy bien. Antes había sido el compañero de José Iván Ardid, el tío que se dejó comer por los zombis la primera vez. Yo no lo conocí.

No estaba aún en la empresa.

Me ha dicho Lidia que le han mandado hacer un informe sobre Ardid. Han pedido para él una escultura.

Herminio es gilipollas.

SESENTA Y DOS

"... pero el dolor es la ley de la gravedad del alma".

(Luis Rosales, *La casa encendida***)**

I

O sea, que hay un tiro limpio, un abogado en el canal, un asesino desconocido y una sobrina en uno de los aparcamientos de bicicletas del Academisch Medisch Centrum.

¿Cómo supiste dónde había que colocar el objetivo?

Ella, la sobrina, le esperaba en Amsterdam Centraal. Eso era lo único que estaba claro.

Pablo Real, el Embajador de Asturias, responde a las preguntas de Ignacio Cela, el jefe de gabinete del presidente Gil.

–¿Y cómo supo el tirador desde dónde tenía que apuntar?

–No me lo dijo.

–¿Alguien conocía los planes?

–Él y yo. Y ahora usted.

–¿Había terminado su intervención en la Corte Penal?

–Sí. Al día siguiente cogía el vuelo a Bilbao.

–Imagino que el tirador les estuvo siguiendo, pero no me ha dicho nada. Me mandó el vídeo del tiro y desapareció. Espera la segunda mitad de su minuta.

–Tengo que hablar con el Presidente Vicente Gil –dice Cela.

II

–Pero ¿quién lo mató, Leire? –insistió Lidia. Pero Leire todavía no tiene la respuesta.

SESENTA Y TRES

"La isla estaba deshabitada, desierta; mis compañeros
se habían quedado muy lejos, a mi espalda, y en torno
mío sólo palpitaba la vida salvaje...".

(Robert L. Stevenson, *La isla del tesoro*)

I

—¿Cómo fue? —pregunta el idiota de Diego.

Herminio sigue con la cabeza perdida. Así que
se pone a pensar y pensar y de tanto pensar es que
salen él y también Valentina, que entonces sigue
viva de verdad. Acaban de construir el órgano de la
iglesia nueva de Sabugo. Valentina es la organista titular. Al principio de todo había trabajado con José
María Martínez. En la Semana de Música Religiosa.
La emitían por Radio Nacional. Profesora de Órgano, médico de cabecera. Al principio de todo. Antes
de todo.

El coche desciende la avenida Cervantes: desde el desvío del Instituto Carreño Miranda hasta el
puente Azud. El Arkangel ha atracado en la dársena
de San Agustín. Necesitamos un médico. Un heri-
do. Hay sangre. Y una bandera comunista: una hoz,
el martillo y el mar rojo como un océano de sangre. Sangre y más sangre. Y Valentina en silencio,

deslizando los dedos por los tres teclados del órgano de la iglesia, una iniciativa cultural del Rotary Club, un deseo confesable del primer director del Conservatorio. Se había jubilado. Valentina, quédate con la asignatura. Música religiosa, sonido de caverna; muertos con banda sonora en las puertas del cielo.

II

Herminio sube las escaleras que separan su vivienda de la de Diego y Lidia. Lleva una botella de vino caro en la mano izquierda. Y en la derecha, solo la memoria.

SESENTA Y CUATRO

"Desde el día siguiente de la explosión se empezó a tomar conciencia de las implicaciones de lo que acababa de suceder".
(**Amin Maalouf**, *Nuestros inesperados hermanos*)

I

No van a exigir a estas alturas de la tristeza que todos los que trabajan para Happy Team reaccionen como si nada.

Lo ha dicho Vero en medio de la asamblea. Vero Nichols.

Como la primera víctima de Jack El Destripador. Su padre es más inglés que el jamón de York.

Vero Nichols.

Ella habla de lo que de verdad sucede al otro lado de las murallas. De las murallas que definen el contorno de la ciudad poblada por los muertos que no terminan de morir. Habla, por ejemplo, de la necesidad de recordar a los que de verdad estaban vivos y desaparecieron después de los primeros mordiscos.

II

Habla Verónica Nichols.

Dice que necesita de todos los oídos a pleno rendimiento.

–No parece normal que nos impidan que recordemos a nuestros muertos. Tenemos dos: José Iván Ardid, por un lado, y Elisa Fernández, por el otro.

–No son héroes –replica Dimas.

–Son lo más parecido a los héroes que hemos conocido nunca –determina la única cazadora de Happy Team.

SESENTA Y CINCO

"Alguien entierra el mundo poco a poco
y en la playa, cansado, el mar se ahoga".
(Luis Rosales, "El mundo es nuestra herencia", en *Rimas***)**

Leire vuelve a marcar el número de teléfono de Lidia. Y lo vuelve a hacer porque no sabe con quién hablar, a quién decir que sigue ahí, en el aparcamiento del Anatómico Forense de Ámsterdam, esperando que le digan..., esperando que le digan lo que ella sabe desde hace rato..., que su tío Carlos ha muerto por un balazo entre ceja y ceja, un balazo limpio desde un tejado dormido. Del Busto, de espaldas, ha caído al canal de los Príncipes: un tiro de muerte en el Jordaan.

Y todo esto se lo vuelve a contar a Lidia. Y Lidia toma nota. Y dice ay y repite un lo siento y Leire insiste en lo incomprensible de la situación. Le dice que acababan de dejar la Estación Central, que le había estado esperando, que él llegaba de La Haya.

Y aquí, después de esta pregunta, va la historia de la vista en la Corte Penal.

Le cuenta que la Comunidad de Estados Independientes se ha querellado contra la República de Asturias.

–Esclavismo... O cosa así.

Lo cierto es que ha hablado por hablar.

Carlos del Busto, en realidad, no le ha contado nada. Nunca lo ha hecho.

Y eso es lo que lamenta Lidia.

–¿Cómo estás?

–No lo sé.

–Cuídate.

–Hay un muerto en la mesa de autopsias –llora.

SESENTA Y SEIS

"Los amores locos terminan por volverse cuerdos".

(Ovidio Parades, *La noche se detiene*)

Y es que, no sé si lo sabes, cuando un muerto que no termina de morir muere devorado por otro muerto que no termina de morir, lo único que se pierde es dinero.

Esto se lo explica Herminio a Lidia.

Lidia hace tiempo que se ha convertido en el único ser humano que finge que le escucha.

Ha muerto Valentina. Se la comieron los zombis.

Tocaba a Chopin. Un preludio. Un preludio de muerte y destrucción.

–Llevo observándote desde hace un rato –se acuerda el exmédico.

–Pensaba que solo eras un mirón y resulta que eres experto en arte.

–Un imbécil.

–Bah, no, que lo que tienes al final de tus pupilas es a mí... –se ríe.

–Es que...

–Vaya, ya me había hecho la ilusión de que tenías lengua. Valentina se ha quedado sola.

–Paco viene en un rato. Ha ido a comprar tabaco.

–Yo no fumo.

–Tus pulmones tienen que ser un verdadero jardín.

–Y también el corazón.

Aquellas frases estúpidas fueron las que terminaron por convencer a Valentina.

Las primeras no, esas solas solo servían para que Herminio ardiera en el infierno.

Lidia, mientras tanto, no dice nada. Lidia solo apunta.

SESENTA Y SIETE

"No tengo ánimos para reírme dos veces".
(Anna Schmidt, en *El tercer hombre***)**

Dice el Embajador de Asturias que se olvide de todo.

–Pero vamos a ver...

Leire del Busto no entiende nada. Ha sido un balazo.

–Ya lo vi.

Le entró entre ceja y ceja.

–¿Y no les sorprende que el delegado de la República de Asturias haya tenido que ser rescatado de un canal lleno de mierda?

El Embajador, que se llama Pablo Real, no dice nada.

–Es mejor que se olvide de todo. Nos ocupamos nosotros de su repatriación. Leire le ha dicho a Betje que pregunte en la Corte Penal Internacional.

–Han matado a un abogado representante del antiguo Principado de Asturias: date cuenta. Esto es un escándalo. Han sido los rusos.

Dice que han sido los rusos por decir algo, porque en realidad no sabe bien quién lo ha matado.

Betje Bos es diputada en el Benninhof, el parlamento del Reino de los Países Bajos.

–¿Qué han conseguido con la muerte de Carlos del Busto? –pregunta la diputada.

Y aquí es donde Leire del Busto, la sobrina del abogado del Estado, se da cuenta de todo.

SESENTA Y OCHO

"Cada ser humano es responsable
de todos los demás. De cada uno de ellos".
(Juan Mayorga, *El País*, 10 de enero de 2021)

Lo que se tiene que celebrar es una asamblea, pero esta vez no la ha convocado el comité de empresa. Y nadie sabe por qué, aunque lo permiten los estatutos de Happy Team.

La compañía nació, claro, al mismo tiempo que lo hacía la propia República de Asturias, que es el fruto de la transformación de una pobre provincia española en un paupérrimo estado llamando a las puertas de la Unión Europea.

Gracias a los muertos que siguen vivos, gracias a los vivos que sobreviven a la muerte que se hace eterna.

La asamblea se celebra en el bar de Franqueira, que había conseguido reunir a todos los cazadores. Cerveza reflejada en una pica llena de sangre podrida.

—No nos respetan —empieza Herminio.

Diego Llorente, su cazador, mira descorazonado hacia el cielo que son los tubos fluorescentes de la cafetería del antiguo hotel.

—¿Una cerveza? —el camarero le pregunta a Diego, que hace como que no responde, pero responde y es entonces cuando toma la palabra Verónica Nichols:

–No nos respetan y no sabemos cómo nos tenemos que hacer respetar.

Vicente Peñas, que limpió la calle Rivero de interferencias, levanta la mano.

Dimas preside la reunión. Bebe un sorbo de su caña tostada.

–Solo matamos a cambio de dejarnos matar –dice el marido de María San Narciso, que es de la CNT.

–No seas melodramático –reprocha el idiota de Diego.

SESENTA Y NUEVE

"Tu imagen tiembla y huye en la corriente camino
de las sombras del ocaso; luego se copia y huye
repetida por hacer breve la orfandad del agua".
(**Guillermo Carnero**, *"Greenwich Banks"*, **en** *Verano Inglés*)

Lo mejor vino después. Una sonrisa, una primera mirada que se clava en el corazón como la cabeza en una pica.

Pero aún no había picas.

Suenan las teclas negras. Y, después, las blancas. Y suenan todas tras aquella primera sonrisa, tras la mirada morena, tras tu nombre tan profundo como un bajorrelieve.

–Soy Herminio. Soy médico.

–Me llamo Valentina. Soy profesora de Música.

Y luego vino un beso y tras aquel beso, más besos. Y, al final, el primer abrazo.

–Eres como un sueño.

–Solo sé tocar el órgano –sonríe ella.

Una noche. Dos noches. Y, a la tercera noche, la primera mirada morena.

Valentina, eres una circunferencia.

Lo mejor vino después: cuando se levantó de la cama, cuando buscó la bata tirada junto a la colcha, al subir la persiana de la primera mañana completa.

–No me gustan los hoteles –determinó.

Y yo, Lidia, lo único que pude hacer fue sonreír:

–A mí quien me gusta eres tú.

Lidia, entonces todavía no había muertos; entonces, ella, todavía no había muerto.

SETENTA

"Estudió guerras, rebeliones, hambrunas, pestes, la ascensión y caída de los imperios, revoluciones que habían consumido a sus hijos, penurias agrícolas, miseria industrial, la crueldad de las élites dirigentes: un desfile vistoso de opresión, desdicha y esperanzas fallidas".
(Ian McEwan, *Chesil Beach*)

No sabe bien por qué le viene a la mente ahora el nombre de Covadonga Villanueva, pero se lo puede imaginar, siempre se lo ha podido imaginar.

Salen, como de la nada, los enfermos que no terminan de enfermar y los hombres que todavía siguen siendo hombres.

Los muertos que son casi vivos deberían haber sido hospedados en el antiguo Hospital San Agustín, pero se quedó dentro de las murallas.

Covadonga Villanueva dirige la clínica de los hendidos por la muerte. Y como no se imagina bien por qué le ha venido a la mente su nombre determina que tiene que hacer memoria de las vidas congeladas. Y se acuerda de que no todos se ahogaron en el calor de lo que coño trajera Andrej Pedachenko en aquel barco al principio de todo.

La clínica no es una clínica. En realidad, fue un hotel: habitaciones apiñadas de cadáveres a punto de ser cadáveres, vida que se desliza por el hilo de la destrucción; de la costumbre y la destrucción. Por eso, sí, por eso se acaba de acordar de Covadonga.

Así que hace balance.

No todos los muertos terminan de morir, pero Valentina sí: en el coro de la iglesia de Sabugo.

Y justo entonces, cuando Covadonga se ha instalado en su mente, recibe su llamada:

—Necesito hablar contigo.

SETENTA Y UNO

"Cuando has perdido todas las esperanzas,
es cuando pasan las cosas buenas".

(**Madama Rosa**, en *La vida por delante*)

Diego aparece en la historia mucho tiempo después. Mucho tiempo después de que el barco de Andrej Pedachenko hubiera atracado en el muelle del centro cultural. Lo llamaron siempre el muelle de Ensidesa: fábrica de proceso integral. Desde el mineral de hierro hasta la exportación de las bobinas. Hace mil años. Mucho antes de que hubiera comenzado todo.

Diego Llorente lo que hace es desabrocharse el cinturón.

–Estás guapo.

–¿Estoy?

Lidia le contempla desde la cama, con la almohada mullida y la lámpara de la mesilla así como si alumbrase.

Diego se ha deshecho de los pantalones, se desabrocha la camisa.

–Eres guapo. Ya lo sabes –dice Lidia, pero por decir. Lidia hace tiempo que ha descubierto que la costumbre acomoda la tristeza mejor que el lamento y las lágrimas.

–Eres guapo.

–Lo sé..., pero parece que a ti se te ha olvidado.

–No empieces, Diego.

Diego Llorente entró en Happy Team en la última convocatoria pública de empleo. Se necesita cazador. Avilés, ciudad amurallada. Los muertos que no terminan de morir.

–Quiero empezar alguna vez, Lidia.

SETENTA Y DOS

"Busca un sitio en mi piel que no haya sido
escrito por tu mano, y que no tenga algún temblor,
alguna luz de tu carne en tu memoria ciega".

(Luis Rosales, *"Lo que tú llamas quiéreme"*)

I

Herminio Loredo ahora sí sabe por qué vuelve a la vida la sombra muerta de Valentina, la mujer que, con sus dedos, no detuvo el recorrido musical por los tres teclados del órgano de la iglesia de Santo Tomás de Cantorbery, el obispo asesinado al pie del altar mayor, la víctima de la contienda. Y de la conspiración.

Y lo sabe porque nunca ha podido dejar de pensar en el día en que ella y él comenzaron a ser un nosotros por entero.

II

Covadonga Villanueva dirige el sanatorio de hendidos por la muerte porque no todos los vivos que no terminan de morir se transforman en monstruos que hay que destilar.

Agnès Bègue, su ayudante, le repite que detenga la recepción de heridos.

—Ya son suficientes —pide.

—Los necesito a todos —se excusa la epidemióloga.

—Cova, luego se vuelven caníbales.

Covadonga sabe que Agnès un día llegará a dirigir la clínica.

También lo sabe Herminio, pero, en ese momento, todavía no lo ha procesado.

—¿Y tenemos que pensar que todo será destrucción y solo destrucción? —se pregunta ella como si nada.

SETENTA Y TRES

"Tell me something girl.

Are you happy in this modern world?

Or do you need more?

Is there something else you're searching for?"

(Bradley Cooper, "*Shallow*")

I

Le marean los cazadores con la misma historia: que el primer muerto necesita memoria porque la memoria es el cimiento del futuro.

Herminio Loredo es la memoria.

–No se lo puede imaginar. Y no se lo imagina.

Cuando abren la puerta del camarote se encuentran con el primer oficial, con Andrej Pedachenko, masticando su propio brazo, la boca desbordada, los ojos inundados de sangre.

–¡Cierre, cojones!

Así es la memoria de Herminio Loredo: el recuerdo pionero. Antes de aquellos mordiscos no hubo nada, Valentina.

II

Valentina se quita la americana y se desabrocha la camisa blanca y se deshace de la falda.

–Eres como el cielo.

–Como el cielo..., pero muy cansada.

Valentina pregunta si Herminio ha hecho la cena.

–No veas el día que he tenido.

SETENTA Y CUATRO

"Algún día la gente comprenderá
lo que esto significa".
(**Oscar Wilde**, *Epistola: in carcere
et vinculis. De profundis*)

El presidente Vicente Gil busca un paracetamol en los bolsillos de la gabardina. Le estalla la cabeza. Se acuerda de aquellas treinta y seis horas en lo más crudo de la otra pandemia.

–Vaya dolor de tarro –suelta, pero nadie le escucha. Tiene a Ignacio Cela, su jefe de gabinete, colgado del teléfono.

–Había echado unos paracetamoles.

El presidente parece que habla al tendido. Cela se mueve de un balcón a otro.

Y, de repente, cuelga.

–Han matado a Carlos del Busto –le comunica.

–¿Qué ha pasado?

–El Embajador está con su sobrina: un francotirador en medio de los canales.

–¿Qué dice la policía?

–Acaban de empezar. Están buscando el lugar del tiro. Un tiro limpio. Entre ceja y ceja.

–Habrá que repatriarle.

–Y organizar un funeral de Estado. Era uno de los nuestros.

–¿Sabes? Tendremos que inaugurar ya el Panteón de los Asturianos Ilustres. Me gusta el palacio de Trasona.

–Está cerca de Avilés –observa el jefe de gabinete–. No es el mejor sitio.

–La verdad es que no esperaba que nos fuera a salir tan bien.

SETENTA Y CINCO

"¿Quién me habla? ¿Sois voces del otro mundo?
¿Sois almas en pena, o sois hijos de puta?"
(Ramón del Valle-Inclán, *Romance de lobos*)

Hay un bar en el parque del Carbayedo donde las arañas tejen su futuro entre las botellas de *whisky* de malta. En la Plaza de España fue donde, al final, murió José Iván Ardid.

Se lo comieron los zombis.

Fue al principio de todo. Y todos los saben.

Una bandada y una furgoneta que no arranca. Iba a la Casa de Cultura.

El silencio paró el tiempo en el momento en que todas las piezas del dominó que amurallaron la ciudad lograron encajar. Los zombis se detienen cuando llega el sol a su plenitud. Los muertos que no terminan de morir son monstruos del atardecer.

Pero eso, entonces, nadie lo sabía.

La empresa voló drones por toda la ciudad: pastores de jaurías de monstruos que se comen solos. Eso, que se comían solos, lo hacían cuando llegaba el crepúsculo. Esa fue la primera fase. La segunda vino cuando se alistó Ardid, cuando Herminio Loredo se sumó a la aventura. El médico fue el primero en contemplar los ojos inundados de sangre de la criatura que un día había sido Andrej Pedachenko. Pero todo eso, en aquel momento, al abrir la puerta del camarote de aquel barco infernal, lo desconocía. Todo se desconocía entonces.

Alguien, no sabe quién, dijo que los monstruos destilados devenían en perfume.

−Y ahí, Lidia, fue cuando apareció Ardid.

SETENTA Y SEIS

"¡Tierra de luto y sangre que crece con los muertos
y nos da nacimiento, costumbre y agonía!"
(**Luis Rosales**, "*La voz de los muertos*")

Eximí de toda culpa a Herminio Loredo. Le con-
cedieron una pensión vitalicia a la mujer de Ardid
y otra más –paupérrima– a sus dos hijas. A las dos.
Y ya está, ahí acabaron los honores. Los cazadores,
sin embargo, le organizaron un funeral. Una ceremo-
nia casi clandestina. En el aparcamiento del antiguo
Ayuntamiento de Nubledo. Hubo un pequeño altar,
alguien quiso llamar a un sacerdote, pero prefirieron
a un enlace sindical. Herminio intentó recuperar los
restos muertos que los muertos no habían masticado. Fue como rebañar la vida. Lo dijo Herminio en
voz alta por primera vez durante aquel funeral, pero
luego solo guardó silencio. Herminio mascullaba y,
sin embargo, cuando me miraba, se convertía en el
cordero que había sido al principio de todo, cuando
todo era nada. Me lo imaginé cuando aún no había
subido a bordo de aquel barco abanderado con la
hoz, el martillo y todo el pasado del mundo.

Las cámaras del circuito cerrado habían grabado
el ataque de la jauría de muertos que no terminan
de morir. Y a Herminio Loredo armado con la pica

intentando salvar la sangre incesante de Ardid y la paz de los muertos. Y luego llegaron los demás. Y yo no le dije nada a Diego. Y Diego nunca supo que tuve que escribir el informe de la muerte de Ardid y de sus restos abandonados.

Eximí a Herminio Loredo de la responsabilidad que le tocaba y lo hice porque quería ver su sufrimiento, sus lágrimas y su desespero.

Sus ojos me miran como nadie me ha mirado, pero luego, de repente, empieza la historia de Valentina.

SETENTA Y SIETE

"Lo que caracteriza a nuestra época
es la desaparición del futuro".
(**Juan José Millás**, *"Tailandia"*)

I

Gil vuelve sobre su dolor de cabeza. Dice que le estalla el cerebro.

–Herencia de mi señor padre –resume.

–¿Voy a la farmacia? –pregunta Cela, su jefe de gabinete.

Gil, el presidente, dice que no con la cabeza y dice, después, que tiene que desaparecer, que sube al apartamento, que se va a esconder entre las sombras, que siente cómo sus glóbulos rojos se apelotonan en las venas y cortan el tráfico al oxígeno y se quiere morir.

–Ha llamado el Embajador.

–Que siga llamando –ordena.

II

–No nos respetan y no sabemos cómo nos tenemos que hacer respetar.

Esto lo dice Peñas, que es de la CNT y el primero que habla.

Peñas y María San Narciso se casaron en Soto del Barco antes de que empezara todo. Tienen tres hijos. El suyo es el palacio de La Granda.

Dimas reparte juego desde la mesa presidencial. Dimas protege la puerta de La Laguna. Vive en la antigua fábrica de embutidos. Vero Nichols es su cazadora.

–¿Qué? ¿Nadie va a decir por qué estamos aquí de verdad? –pregunta ella.

Franqueira vuelve a entrar en el salón. Camina por entre las sillas de la asamblea con la bandeja del tercer pedido de cervezas y la pericia de un *slammer*.

–Yo quise mucho a Ardid –confiesa Natividad.

SETENTA Y OCHO

"Y tú, ¿qué harás ahora cuando los muertos vuelven?"

(**Luis Rosales**, "*La voz de los muertos*")

Le cuenta otra vez lo del barco y ella pregunta solamente por qué le llamaron a él. Y Herminio responde con la evidencia que llega de la tristeza meditabunda:

–Estaba de guardia.

–No pudo ser eso.

Sí que lo fue.

Lidia tiene claro que lo primero de todo fue el barco: el Arkangel, un *bulkcarrier* cargado con 35.000 toneladas de celulosa de Carelia.

–Con su hoz y con su martillo.

Aquello –la hoz y el martillo– se le quedó grabado en su cerebro infantil: cuando sabía de Rusia por el corresponsal que salía en los telediarios de la hora de comer con una gabardina antigua y un acento extraño.

Cuando había telediarios.

Ella le explica: "Las noticias de la tele". Y él no dice nada porque lo mejor es no decir nada. Herminio Loredo nunca abomina de la cursilería. Ni siquiera ahora, cuando el tiempo que iba a venir se ha detenido, cuando se ha perdido el futuro, cuando el futuro es un cuento de un barco que llega y que atraca en el Niemeyer, un cuento en el que también hay un médico, un coche y una valla levantada. "A la derecha, en el muelle de San Agustín". Al pie del Niemeyer. Del Niemeyer. Todavía se acuerda de Concha Velasco siendo la reina Hécuba en las playas de Troya, habiendo perdido todo el pasado. Y lo recuerda ahora porque el futuro es una pompa de átomos de hierro tomando el infierno: un infierno cubierto de cadáveres.

SETENTA Y NUEVE

"Tengo que volver bueno para mí
todo lo que ha ocurrido".
(**Oscar Wilde**, *Epistola: in carcere
et vinculis. De profundis*)

Nuestra boda, por ejemplo. Y, mucho mucho antes, aquella vez en que me recogiste en coche. No sé. Te llevo. Y aún sigues sin conducir. ¿Te has planteado ser libre? Y piensas todavía en la respuesta. Una vez, lo reconoce ella, la hicieron soplar. Una vez. En el desvío a la gasolinera. Sople aquí, por favor. ¿Te has planteado hacer por ser libre?, repite. Y tú lo que haces es guardar silencio. Guardas silencio porque parece que te asusta el sonido de tus propias palabras. Cuando solo las escucha ella. Todas seguidas. Como si fuera importante. Pensar en hablar te hace temblar, como un látigo antes de acariciar la espalda. Hablar. Hablar de ella. De ella y de ti. Escúchala. ¿Y cómo fue que me recogiste? Entonces pasaban estas cosas: te recogía, encendías el contacto y escuchabas un tú dirás como el deletreo del mapa del tesoro. El tesoro eras tú, pero entonces, todavía no eras el tesoro. El tesoro vendría después. Pues verás: enseño Órgano en el Conservatorio. He tocado en Notre Dame. Una vez, sí, una vez. Notre Dame de

París. Te llevo si quieres. Y quieres, claro que quieres. Quieres subir a aquel coche y quieres empezar a contar, a contar que hacía tiempo que ya la habías imaginado. Delante de los teclados, como un sobrecogimiento medieval. Vidrio, piedras y memoria. Y, después, un órgano entero, un bosque de tubos, como mil campanas redoblando por Pascua. Sonido de templo divino. Y quieres su sonido, escuchar su voz, aprenderla para siempre. Como cuando supiste que una vez caminaba de pequeña por la gran avenida junto a una amiga toda monísima. Al doblar la esquina, el viento levantó su falda y su falda se hizo paracaídas y el paracaídas, cometa. Y sus pasitos, zancadas de gigante.

OCHENTA

I

Leire marca de nuevo el número de Lidia. Y lo vuelve a hacer porque, en realidad, ella misma no sabe con quién tiene que hablar después de aquel tiro.

El abogado del Estado asturiano ha muerto por un balazo, un balazo limpio desde un tejado dormido y asomado al muelle del Jordaan.

Del Busto, de espaldas, ha caído en medio del canal.

Elisa Fernández había traspasado la muralla sin saber lo que se escondía al otro lado de ese dominó de piezas que encajaban tan bien como el cemento y el abandono.

Fernández fue la segunda víctima.

Leire piensa que quien debe de saber de todo aquello es Lidia.

La estación de La Haya es como el final de un viaje sin sentido a un futuro que carece de sorpresas.

La estación de La Haya, que parece que está al principio, en realidad es el final de la capital, la ciudad que comienza en las playas heladas, en el escenario

169

de una invasión marina en pleno invierno. Eso es lo que piensa el Embajador asturiano. Pablo Real fue Pablo Real en medio del invierno, esa temporada fresca en los alrededores de los años noventa. Cuando todo era nada.

II

–Corre.

Pero no me escuchó.

OCHENTA Y UNO

"La revolución todavía no ha terminado.
Si el zarismo ya es incapaz
de vencer a la revolución,
la revolución todavía no es capaz
de vencer al zarismo".

(**Lenin**, *Escritos sobre literatura y arte*)

Existe la República de Asturias como una consecuencia más de Happy Team. Como Panamá y el canal. Unos cuantos, una vez, decidieron que era buena idea transformar la pobre provincia española que había sido en el paupérrimo estado independiente que, entonces, empezaba a ser.

Muertes y construcción, sangre destilada, esencia de perfumes para vender bajo la cúpula de las Galerías Lafayette. Cadáveres que no terminan de desaparecer, cuerpos desencuadernados, colgados de los pies en ganchos como uñas de dragones, carnaza que se va cuarteando sobre una bañera que recoge cada una de las gotas de la sangre del hombre que dejó de serlo. Dinero a toneladas, un trabajo como una aventura. Tienes casa, una buena casa. Solo necesitamos un cuerpo a la semana, no podemos esquilmar la producción. Los muertos que no terminan de vivir mantienen con vida un país que no es un país si no una sombra de sangre, frío y destrucción.

Y llegaron los muertos.

Primero Ardid y después Elisa Fernández.

La muerte de Fernández la conoce bien Verónica Nichols. Y la vuelve a contar a sus compañeros.

Todos hablan de Ardid, pero nadie recuerda que Fernández cruzó la muralla, llegó al palacio de Valdecarzana, al archivo histórico de Avilés.

–Quería salvar la historia.

Pero una bandada de zombis la masticó.

OCHENTA Y DOS

"Nadie mira al sol resplandeciente,
pero todos lo hacen cuando está eclipsado".

(Baltasar Gracián, *El arte de la prudencia***)**

I

Dice Lidia que los muertos ya no la hacen feliz. Y lo dice y lo repite cada vez que Diego la sonríe, pero Diego nunca la sonríe. Lo que hace Diego es llegar, decir y guardar silencio.

Y, entonces, es cuando Lidia Sánchez zozobra como una chalupa en un huracán.

II

Herminio abre la botella de vino. Esta vez no piensa subir las escaleras, esta vez no piensa llamar a la puerta y entregar su sonrisa de los fines de semana.

Los fines de semana son el tiempo de la soledad ausente.

III

Dimas cede la palabra. Y, entonces, vuelve a sonar la historia del principio, la historia de la sangre, de la carne cuarteada y del futuro sin futuro.

–No sé por qué seguimos discutiendo.

La que habla es Nati, Natividad Lajoya, la segunda mujer cazadora. Ella, Nati, entró una vez en el colegio Palacio Valdés y enlazó a tres chavales.

–Solo eran carne sin morir –balbucea.

Y así, simplemente, es que se desmorona. Como una torre vencida tras el asedio.

OCHENTA Y TRES

"Cuando mi mano se detenga helada
un anaquel será mi sepultura".
(**Guillermo Carnero**, "*Catedral de Ávila*",
en Divisibilidad indefinida)

–¿Se reproducen?

–No están seguros.

–Se van a acabar entonces.

–El plan está bien medido.

–Pero los muertos terminarán acabándose.

–Como el petróleo. Como el carbón.

–Este país existe por su sangre licuada.

Ignacio Cela quiere tomar asiento, pero Gil se mantiene yerto.

–Les he pedido una respuesta rápida.

–Y yo la estoy esperando.

–Llevan nueve meses vigilando una familia de monstruos.

–¿Ah, sí?

–Resulta que todo esto les pilló en su casa, un piso encima del Simago de la calle Fernández Balsera.

–Allí vivía una novia mía. Nacho, ¿trajiste los paracetamoles?

–¿Otra vez la cabeza?

–¿Y lo de Ámsterdam?

–Está todo controlado. No te preocupes.

Cela busca en la chaqueta, se le cae una foto y, después, le da las pastillas.

–Mi hija Maya –dice Cela.

OCHENTA Y CUATRO

"Este cofrecito solo debe llenarse
con monedas de oro;
que la plata la guarde una caja
de madera ordinaria".
(Marco Valerio Marcial, *Apophoreta***)**

Norilsk empezó a existir con la lluvia ácida sobre el hielo y las muertes a plazos. En Norilsk nació Andrej Pedachenko, el primero de los monstruos, el primero en destruir el tiempo, el pionero del futuro amuralla-do. Y también de la sangre. De toda la sangre.

Empieza así Herminio.

Espera a Covadonga Villanueva en el vestíbulo de la clínica de Happy Team, a orillas del pantano de Trasona.

–Esto fue un hotel –subraya Herminio cuando ella llega enfundada en una cota de malla.

–Antes de todo esto –responde Covadonga. Co-vadonga, la epidemióloga Herminio sigue sin querer imaginar por qué está allí, en ese vestíbulo, con ella y su armadura. Le había convocado. Solamente. Con misterio. "Necesito hablar contigo".

–Hemos conseguido devolver a uno de ellos al mundo real hace solo dos semanas –suelta de golpe y, luego, le deja que tome una bocanada de aire–:

Herminio, esto es muy importante. Los monstruos pueden volver al tiempo que dejamos atrás.

–Un solo monstruo.

–Sí, uno solo.

–¿Y el resto?

–El resto termina siendo sangre y perfume. No estamos todavía seguros de cómo lo logramos. Por eso estás aquí. Sé que fuiste el primero en examinar a Pedachenko.

OCHENTA Y CINCO

"Estoy cansado, cansado de ser yo".
(Thomas Wackerle, en *Bon Appétit*)

Herminio Loredo Sánchez.

Médico de familia.

Casado

Con Valentina Valle.

Ella era profesora de Órgano. Antes de que empezara todo esto. Todo esto que comenzó aquella mañana en que el capitán del Arkangel ordenó abrir la puerta del camarote de Andrej Pedachenko, el primer oficial de aquel buque gigante y soviético. Veintitrés mil toneladas de carbón líquido. Y una hoz y un martillo. Y un montón de estrellas de cinco puntas como si la URSS hubiera dejado de agonizar por un instante.

Parece que la memoria es una patria de emigrantes.

–Todos los recuerdos son el pasado invitado que ayuda a organizar el presente.

En realidad, somos los que decidimos que somos.

–Te pones muy intenso cuando bebes.

El que habla es Diego Llorente y es normal que lo haga en el sentido en que lo está haciendo ahora mismo.

Es un imbécil completo. Su mujer va más allá: cree que Herminio es gilipollas. Pero todo esto aún no lo sabemos ni Herminio ni Diego ni yo mismo.

Yo solo cuento esta historia. Y la cuento para entender de verdad lo que sucedió cuando mis ojos se clavaron en aquella bandera de la hoz, el martillo y las estrellas de cinco puntas ondeando en un muelle de San Agustín invadido de bobinas de acero, de herrumbre y del tiempo que entonces empezaba a deshilacharse.

OCHENTA Y SEIS

Carlos del Busto marca el número de teléfono de su sobrina y, al cuarto ring (o como se diga ahora), escucha la voz de Leire. Le dice primero que acaba de llegar y, después, que acaba de salir del Aeropuerto y que ha llegado a una plazoleta, aunque no sabe si es la que ella le había indicado.

–Hay unas letronas que dicen...

–I Amsterdam.

–Tan horteras como las de Gijón.

–Más. Justo en frente hay un montón de marquesinas. Cruza. Tienes que coger uno de los autobuses rojos: el 397. Te lleva a Leidseplein. Hay un teatro.

–¿Ah, sí?

–De los buenos.

Es la primera vez que el abogado asturiano viaja a Holanda. Así que lo que es bueno en ese país todavía no lo ha descubierto.

Carlos del Busto, a bordo del 397, no ha descubierto, por ejemplo, que unos pocos días después va a caer muerto a uno de los canales de Jordaan. Con una bala entre ceja y ceja.

Una bala desde lo invisible.

Por eso, porque todavía no ha pasado lo que tiene que pasar, Leire le espera al final de un parque, que más que parque es jardín.

–El teatro te va a gustar –le dice a su tío.

OCHENTA Y SIETE

"Tinieblas gratas de la oscura noche,
a un corazón sensible, que desea vivir para pensar,
vuestro silencio, la calma anuncia".
(María Rosa Gálvez de Cabrera, "*La noche*")

La historia esta tiene un principio, pero no lo conocen bien todavía ni Herminio Loredo ni, por supuesto, Diego Llorente o Lidia Sánchez. O la propia doctora Villanueva. Y es que pongo aquí el nombre de Covadonga Villanueva porque su papel ha engordado tanto en esta historia como un amanecer tras las tinieblas.

–No lo niegues –le dice ella.

El médico de la primera víctima no lo niega. En realidad, solo guarda silencio.

–Nunca dices nada –subraya ella.

Y Herminio Loredo siente que no puede ni replicar.

Una vez recibió una llamada telefónica. Le dijeron que le esperaban en los antiguos muelles de Arcelor. Supo que un barco había llegado de la ciudad de Arkangel cargado de carbón líquido y con el primer monstruo de todos.

Antes de las murallas y los palacios.

Antes de los muertos que no pueden morir. Justo entonces.

Cuando Valentina era Valentina y Herminio, Herminio. Cuando todo era entonces. Cuando entonces era el presente y la muerte, el último episodio de una historia que unos días después, solo unos días después, se iba a convertir en el principio de toda la historia: la del médico convertido en cazador, la del cazador sobrepasado por la vida y la de la propia vida convertida en un episodio de una novela de zombis.

OCHENTA Y OCHO

"... la fuerza de uno es sólo un accidente
que se deriva de la debilidad de los otros".

(**Joseph Conrad**, *El corazón de las tinieblas*)

Hay varias cosas que merecen aclaración.

Lo de la playa de La Haya por ejemplo.

Está allí, al principio de una ciudad que, en realidad, parece el final, en la última estación del *tram* número 9. Una playa desolada, un mar del Norte de color gris, arena que es carbón y, todo lo demás, solo soledad. Soledad y muertos mal enterrados.

Me doy cuenta, ahora que llevo un rato contando esta historia, de que en esa playa solo hay soledad. Soledad internacional, soledad llena de sangre. Soledad y muerte. Y olvido. Y sed sin satisfacción.

Eso.

Sin satisfacción. Porque los muertos se olvidan.

Se sienta en la terraza de la clínica de Happy Team, con los ojos puestos en la orilla del pantano de Trasona.

Covadonga Villanueva ha bebido el último sorbo de su café con leche y con hielo y ha clavado la mirada en el agua estancada que una vez apagó la sed de la maquinaria de la antigua Ensidesa.

Sed.

–¿De verdad que es posible?

–Ha sucedido. ¿Qué sabes de Pedachenko? Es poco.

–¿Y de Carlos del Busto? Se lo han cargado –termina Covadonga.

OCHENTA Y NUEVE

"-espejismo de ardor reverberado-".
(Guillermo Carnero, *"Muerte del capitán don Francisco de Aldana"*, en *Regiones devastadas*)

–Se hacinaron en la iglesia y el peligro estaba en que se comieran ellos mismos a sí mismos.

Esto es lo que piensa que recuerda ahora el doctor Loredo, ahora que se pone a pensar.

Herminio Loredo cree, hace mucho que lo cree, que ha conseguido salvar el duelo.

Y dice "salvar" porque siempre ha entendido que el duelo tiene que ver con el asalto al pensamiento. El exmédico se tumba en su cama de noventa y piensa en que una vez aquel lecho de muerte fue cama de vida. Contigo, Valentina. Como un tiempo congelado. O un pasado recogido.

Cuando se pone a pensar, en el tiempo recogido solo salen cargueros de nombres innombrables, de banderas rojas y hoces y martillos; una infancia amueblada con la negritud del carbón destilado en esas baterías que tenían que transformar el presente y el pasado y el futuro y, al final, se quedaron solo en ceniza.

Ahora es exmédico y, a veces, le gustaría seguir siendo el mismo médico que subió a bordo de aquel barco –el Arkangel– para pensar que fue un espejo de la realidad en el mundo, una especie de Nunca Jamás que nunca iba a volver. Porque aquel barco era como el navío de la nada.

–Este es el camarote.

Y quien estaba al otro lado era Andrej Pedachenko.

–Masticándose.

NOVENTA

"Para escapar de mi maldito tiempo".
(**Marc Ros**, "*Un día de mierda*", **en** *Sierra y Canadá*)

El exmédico piensa ahora en que ha vuelto a ser médico. Está sentado en la platea del teatro Palacio Valdés aquella noche en que los Sidonie habían decidido conquistar aquella parte del mundo que todavía no habían completado.

Se acuerda Herminio así a trompicones del día en que, en el primer palco, el que está encima del escenario, una tía, era una tía, se movía como una ola que iba y que venía al ritmo que marcaba la batería de Axel Pi, aquella noche en la que el trío fue cuarteto –por la gracia de Edu Martínez– y el cuarteto, una fiesta completa.

La chica bailaba como una peonza que no quería bailar. Las mangas de su camisa blanca padecían el aire de una túnica melancólica. Una camisa blanca, una mascarilla de color negro. Había mascarillas. Las mascarillas, en aquella primera pandemia, se habían convertido en el carmín de la vida cotidiana, en el lápiz de ojos manchado en la camisa de color blanco. De color blanco.

Herminio había comprado dos entradas –solo se podían comprar dos entradas; dos, tres o cuatro: para ti, para ti y para ella, para todos vosotros–, una noche con Sidonie. En la fila de atrás estaban Franqueira y su mujer. Que no sabes cómo me molan. Franqueira aún no se había convertido en el tabernero de la muerte y de la destrucción porque la muerte y la destrucción no habían desovado en la vida normal que ensayaba con perderse para siempre. Y, allí, en el primer palco, encima del escenario, con su camisa blanca, ella bailaba.

–Valentina y yo nos conocimos un rato después. En la terraza del Lord Byron.

NOVENTA Y UNO

"No sé si vivo.
Pasaron muchos años
En estos días".
(Aurelio González Ovies, *"Incertidumbre"*)

Lo que a continuación señala el narrador de esta historia es un episodio de desamparo: la historia de un tipo que pensaba en que se podía pensar más allá de las obligaciones propias. Un médico, un exmédico, una mujer y un órgano. Y una montaña de muertos. El tiempo es el minuto en que te detienes a pensar en el tiempo. Antes, el tiempo es un cuento. Un cuento como las vueltas que da la vida a la posibilidad de no dejar de ser un cuento.

Lo piensa el narrador, pero solo lo piensa. Hace tiempo que sabe que esta historia solo le pertenece cuando decide que es solo una historia, una historia sobre la ausencia de la presencia y, después, sobre la ausencia de la ausencia. La ausencia de Valentina, la montaña de muertos. La música como el Amor de Dios. O cosa así. La ausencia de Valentina es la ausencia del presente. Sin presente, el futuro se hace desalentador.

–Lo dices, pero no te creo.

Covadonga Villanueva, la directora de la clínica de Happy Team, se muestra más cínica que de costumbre. Covadonga nunca se ha descubierto con alma.

191

–Lo digo porque hace tiempo que descubrí que el mundo era un paseo al borde de los acantilados.

Esto lo dice el exmédico que atendió a la primera víctima. El oficial Andrej Pedachenko.

–No te olvides de él: se masticaba antes de masticar al resto del mundo.

NOVENTA Y DOS

"Cuando uno lucha contra los demonios
es capaz de distinguir un ángel".
(Doctor Watson, en *Los irregulares*)

La asamblea de trabajadores de la empresa Happy Team estaba a un paso de convertirse en asamblea permanente. Y es que la dirección de la empresa había decidido negarse a aceptar la subida salarial que había pactado con el comité en la última negociación del convenio.

Esto es lo que subraya Nicomedes Sánchez cuando toma la palabra.

Dimas preside la reunión, aunque lo que preside Sánchez sea el comité de empresa. Comisiones Obreras ganó las últimas elecciones. Habían intentado convencer a Herminio Loredo para que se presentara con ellos, pero dijo que no y dijo también cosas como que estaba viejo, como que llevaba mucho tiempo en la empresa, como que necesitaba tiempo para sí mismo y esta última excusa fue la que todos rechazaron casi con un abucheo. Porque todos sabían que Herminio Loredo no quería tener tiempo para sí mismo, porque todos sabían que lo que quería era evitar pensar en sí mismo. Herminio sin Valentina era un muerto que todavía no había acabado de morir.

Los cazadores se habían dado cuenta de que la República de Asturias lo seguía siendo gracias al trabajo que desarrollaban en el interior de las murallas de Avilés. Y querían ese reconocimiento. Lo acordaron en aquella misma asamblea: la escultura para el primero de los muertos con alma, para José Iván Ardid, que cayó en la plaza del Ayuntamiento masticado por una bandada de monstruos.

−¿Y si vuelven a negarse? −preguntó Peñas, el delegado de la CNT.

Y, entonces, fue cuando hablaron por primera vez de hacer una huelga de cazadores de zombis.

NOVENTA Y TRES

"Y los deseos no envejecen
a pesar de la edad.
Si pienso en cómo he malgastado
yo mi tiempo, que no volverá".
(**Franco Battiato**, *"La estación de los amores"*
en *La estación de los amores*)

Amor de tiempo largo. Eso es lo que cree que define su relación con Valentina. Valentina, que tocaba el órgano y huyó de los monstruos de la iglesia de Sabugo. Casi al principio de todo. Sus manos recorriendo los dos teclados del órgano del templo nuevo, el día en que la ciudad se encerró después de la invasión desmedida de los cadáveres, los muertos que no terminan de morir, cuando la mecha se encendió, después del barco, tras los mordiscos del primer oficial del Arkangel, antes de las murallas, de los palacios y la República.

A veces se pone a pensar en el momento en que Valentina y él se convirtieron en la pareja dulce tras la primera noche en el Palacio Valdés. Sidonie. Un rato después. Vamos a comer algo, no sé, ¿a la Alfarería? Y luego saltando las islas que forman las farolas cuando llueve por las noches. Cuando chispea, Avilés es un manto que detiene el tiempo. Se lo decía como en un murmullo, en el salón, al fondo, después de la cocina. Decían cosas sobre el concierto, sobre la función de la semana. Eran los tiempos de Verónica Forqué, de Juan Mayorga. Acuérdate, no detengas las manillas.

Su muerte es un desconsuelo en las noches solas en el palacio de Nubledo.

–Cenemos –le animó Lidia una noche.

Y llegaron las madrugadas del vino caro, del tiempo masticado, del futuro sin futuro, de la necesidad de ti.

No te vayas.

NOVENTA Y CUATRO

"El objeto de la vida es la evolución personal.
Tomar realmente conciencia de nuestra auténtica
naturaleza, para eso hemos venido.
Hoy día el ser humano vive asustado de sí mismo".
(Oscar Wilde, *El retrato de Dorian Gray***)**

Dimas, el farero, el de la puerta de Raíces, finalmente ha ordenado limpiar el barrio de Llaranes de coches y de vida abandonada. Y esto ha sido después de decir que la muralla corre peligro.

El nido de ametralladoras de Dimas es el faro en que los cazadores evaluados vigilan los movimientos en la antigua fábrica de Arcelor.

Dimas es uno de ellos. Elisa Fernández lo había sido también. Pero la mataron.

La Fábrica hace tiempo que controla la salida de los talleres de Trasona, la nave que suple el diente de hormigón que ahorra la muralla de Avilés, la del tren de bandas en caliente y las líneas de galvanizado.

–La número 73. Concretamente.

Herminio y Diego han escuchado que "parece" que han abierto uno de los portones de la nave que ahorra cien metros a la muralla de Avilés.

La de los muertos que no terminan de morir.

–¿Y no pretenderás...? –se indigna el exmédico.

–Llevamos vigilando la empresa desde junio –explica Dimas.

–¿Y no se os ha ocurrido bajar y cerrar el portón? No es tan difícil, pero no, no os corresponde hacer eso a vosotros.

–Primero había que limpiar Llaranes: necesitábamos poder huir sin obstáculos.

NOVENTA Y CINCO

"La vida a veces es solo eso:
las cosas que hemos perdido".
(**George Blackledge, en** *Uno de nosotros*)

Lo normal no es lo que hace él: lamentar que el tiempo se haya transformado en una montaña de sangre sólida y ojos desorbitados.

Los muertos, al final, se quedan sin mirada. Lo sabe bien el exmédico. Los muertos no miran. El desorden del mundo se ordena cuando los muertos no miran, cuando los muertos no mandan, cuando los muertos no obedecen.

O eso era al principio.

Peñas acaba de avisar de que ha cruzado la puerta de La Granda con la grúa de la limpieza. Diego y Herminio, mientras tanto, intentan encender los motores de los coches que aún funcionan y los aparcan y, al final, aligeran la ruta de la huida.

—No puede ser —insiste el exmédico cuando Diego se acerca hasta él, cuando enciende un pitillo y se sienta en el cubo de la fuente de la plaza Mayor de Llaranes.

—Aquí jugábamos a pillar —le dice el cazador.

—¿No tarda mucho Peñas? —pregunta el conductor.

—Acaba de salir.

–Deberían haber amurallado la fábrica también: aquello es un campo de minas.

–Dicen que la sangre de los del tren de bandas en caliente es como un tesoro.

–Llevo muchos años en esta mierda: los muertos no piensan. Los muertos no pueden pensar.

Y no pueden pensar porque, si no, su propio pensamiento, el del exmédico, caería como una muralla minada.

Valentina.

NOVENTA Y SEIS

"En lucha sin tregua por la supervivencia,
anhelamos tener algo duradero,
de ahí que colmemos nuestras mentes
de toda suerte de hechos y de estupideces
como la vana esperanza de no perder
nuestro lugar en el mundo".
(**Oscar Wilde**, *El retrato de Dorian Gray*)

Cela insiste en lo que de verdad le parece interesante: que Carlos del Busto ya no está entre los vivos.

–Es lo que queríamos.

–No lo digas así –dice el presidente Gil todo fino.

–No me vengas con remilgos ahora.

La cosa es así de sencilla: Rusia demanda a la nueva República de Asturias. Dice que la nueva nación existe por el genocidio de los muertos que todavía no han muerto. Mandemos a La Haya a Carlos del Busto. El tiempo ya no es el que era. Delante del palacio real hay un árbol rodeado por unas tablas que hacen las veces de banco para el descanso de los que buscan sentido a una ciudad que solo tiene sentido si contemplas el horizonte lleno de navíos que van a desquebrajar la normalidad de las playas. Allí, en esa línea de tiempo que no se tuerce, las naves van a conquistar el tiempo que se ha perdido en los despachos que son como los puentes del infierno.

–Lo que sucede en Avilés es exactamente lo mismo que lo que sucede en Arkangel.

El que dice todo esto es Manolo Peral. Manolo Peral es el Ministro de Exteriores de la República de Asturias.

–Nunca hubiera imaginado que un tiro entre ceja y ceja era lo que de verdad necesitábamos para seguir adelante.

Así defiende Peral la integridad de la República.

NOVENTA Y SIETE

"Me he acostumbrado a vivir muchos años fuera de mí,
pensando en cosas que estaban muy lejos,
y ahora que estas cosas ya no existen,
sigo dando vueltas y más vueltas por un sitio frío,
buscando una salida que no he de encontrar nunca".
(Rosita, en *Doña Rosita, la soltera,*
de Federico García Lorca)

Lidia y Herminio. Herminio y Lidia. Y, entre medias, ese gilipollas en que se ha convertido Diego. Y luego está Valentina tocando el órgano, los tres teclados, en la iglesia de Sabugo, la de la montaña de cadáveres. Los cadáveres que una vez fueron las personas que pensaron en que, mirando al cielo, el mundo iba a girar y a darse la vuelta. Dios es un yoyó. Hace tiempo que lo descubrió Herminio. No sabe cuántas concretamente, aunque está seguro de que han sido infinidad las veces en que lo ha pensado: todo empezó cuando el teniente de la Guardia Civil y él mismo lograron cerrar la puerta del camarote de Andrej Pedachenko, el día en que nadie sabía todavía que el tipo aquel que se masticaba su propio brazo a bordo del Arkangel se llamaba Andrej Pedachenko.

Herminio, allí, en el cerco de Avilés, en el piso bajo del palacio municipal de Corvera, sigue pensando en que solo puede admirar la inteligencia. Y por eso sigue subiendo las escaleras del antiguo Ayuntamiento: para seguir hablando con Lidia, para seguir contándole que sí, que desde que perdió a Valentina, desde que la vio transformada en aquel cadáver sobre los tres teclados del órgano, él ha perdido medio cuerpo y el alma entera. Se lo ha dicho y cuando ha terminado de decirlo ha sabido que ella se ha rearmado para clavarle una flecha en medio del corazón, del hígado o del cerebro. Lo ha asumido: la debilidad se convierte en muralla cuando el pensamiento se transforma en palabras.

NOVENTA Y OCHO

"Todos los gatos tienen cara de gato,
todos los bueyes tienen cara de bueyes; en cambio la
mayoría de hombres no tienen cara de hombres".

(Pío Baroja, *La busca*)

Le cuenta que decidieron ahorrarse el hormigón del medio de la fábrica de acero.

–Pensaron que ya las naves los iban a contener –le dice el exmédico a su cazador.

Han salido del terreno amurallado, han tomado la carretera de Gijón y, en Trasona, han cruzado el antiguo control de entrada a la siderúrgica.

Desde lo alto de la loma del antiguo hotel, Dimas había sembrado la alarma: los antiguos obreros parecía que se sobrepasaban.

–¿Nunca reclamasteis que terminaran los muros?

El que pregunta, que es Diego Llorente, su cazador, es imbécil, pero no por formular esta pregunta; lo es de manera natural. Sin embargo, Herminio queda en silencio al volante de la *pick up*: han cruzado los antiguos raíles del tren industrial: desde el horno alto hasta el mismo puerto de Avilés, donde atracó el primer barco.

–La verdad es que no –dice al fin–. Deberíamos haberlo hecho. Deberíamos haber hecho tantas cosas que no hicimos...

–Aparca –ordena Diego con una voz.

–¿Qué pasa?

Diego saca la cámara de vídeo y comienza a grabar: la puerta del taller de semicontinuo está abierta.

–Está abierta.

–No debería estar abierta. Quieren entrar.

NOVENTA Y NUEVE

"Me pregunto si esas personas blancas y silentes a las que llamamos "muertos" pueden sentir".

(Oscar Wilde, *El retrato de Dorian Gray***)**

Parece que se detiene el tiempo justo cuando descubren que la puerta del taller de galvanizado está abierta.

Se lo cuenta unas horas después a la doctora Villanueva, la directora de la clínica de Happy Team: los muertos que no terminan de morir consiguen pensar.

Agnès Bègue, la ayudante de la doctora Villanueva, se revuelve.

–¿Y no os disteis cuenta? –reprocha la médica francesa.

Herminio Llodero no responde a la respondona ayudante. Le podría haber dicho que claro que sí, que sabían que la puerta del taller tenía que estar cerrada, pero que cuando los dos llegaron a la nave la encontraron abierta, que si lo hubieran sabido antes no estarían allí, en el antiguo hotel del pantano de Trasona, con el alma en un hilo, con el alivio de seguir viviendo.

Bègue les recuerda la teoría de la doctora Villanueva: que los años transcurridos dotan de pensamiento a los muertos que no terminan de morir.

–No entiendo nada –subraya ella y al exmédico ese subrayado le sienta tan mal como una patada en los genitales.

–Como una no, como dos.

–¿Cómo dos qué?

Como dos patadas en los huevos, idiota, como dos patadas en los huevos. Que estoy aquí, que tenemos que cerrar la puerta que tenía que estar cerrada, que tenemos que cargarnos a quien quiere escapar. Eso y que no sé por qué los muertos que no terminan de morir no están al otro lado de las murallas.

CIEN

".... porque la muerte es sorda, y, cuando llega
a llamar a las puertas de nuestra vida,
siempre va de priesa, y no la harán detener
ni ruegos, ni fuerzas, ni ceptros, ni mitras...".
(**Miguel de Cervantes**, *El ingenioso hidalgo
Don Quijote de La Mancha*. II.7)

Le pregunta por el brazo.

–¿Qué brazo?

Se queda pensando.

–El derecho. Era el derecho.

–¿Era diestro?

Herminio no sabe a dónde quiere ir a parar.

–No lo había pensado.

–¿Cuándo supiste que era Pedachenko?

–Imagino que me lo dijeron cuando subí al barco.

–¿Los soviéticos? ¿La Guardia Civil?

–¿Qué más dará? Estaba allí, en el pasillo de los camarotes, contemplando cómo un tío se arrancaba el brazo a bocados...

–¿Gritaba?

–Había gritado. Eso sí que lo sé. Me lo dijeron sus compañeros de tripulación: el primer oficial gritaba como si alguien le estuviera aserrando el brazo.

–Nunca me lo habías contado.

Pero no es verdad. La imagen de Andrej Pedachenko masticándose le persiguió todos los días
desde aquella mañana en que subió al Arkangel y
comenzó todo.

Hasta que llegó lo del órgano de la iglesia de
Sabugo. El órgano y Valentina. Ese día volvió a comenzar todo.

CIENTO UNO

"Esta noche estoy cansado de mí mismo.
Preferiría ser otra persona".

(**Oscar Wilde**, *El retrato de Dorian Gray*)

Los años iban a terminar explicando aquella explosión de sangre y carne a borbotones: el brazo descarnado y el futuro roto como una vajilla de cristal de Murano.

El médico decidió una vez que no iba a ser él quien se iba a encargar de contar los pasos dados desde que bajó del barco en que llegó la destrucción a Avilés. Al principio de todo no quiso convertir en palabras los hechos mordidos delante de sus ojos. Pensaba que verbalizar aquella experiencia le iba a dar la corporeidad que no deseaba para ese miedo de improviso.

Pero estaba equivocado: no hablar de aquel suceso terminó por agigantarlo, por hacerlo explotar en su interior, como una pared de carbón hendida por la dinamita.

Hace tiempo que el exmédico descubrió su equivocación y también el alma carcomida de Lidia, que se había dedicado, como una termita, a aprovechar la debilidad que había ido extrayendo del miedo del cazador de zombis.

–¿Qué pasó con el barco?

No dijo nada porque no había nada que decir. El Arkangel sigue allí, en la dársena del Niemeyer, con la bandera soviética hecha harapos y el óxido confundido con la muerte.

–¿No me lo quieres decir?

Lidia no era la persona que tenía que dar caza al monstruo que crecía en el interior de su mente, el gigante que se había agrandado cuando posó sus ojos en los dedos de Valentina recorriendo los dos teclados del órgano de la iglesia.

CIENTO DOS

"Siento horrorizada cómo mi vida se estrecha.
Hacia donde me gire, no hay más que barreras.
La vida es muy grande, muy vasta,
y no se puede ver nada con claridad".

(Olga Knipper a Anton Chéjov)

Peral vuelve a entrar en el despacho del presidente Gil.

–Hay que decir algo.

El presidente dice que no.

–Condenamos el asesinato. Vamos a exigir a los Países Bajos celeridad en atrapar a los asesinos. No sé, algo así.

–Atentado –apostilla Cela.

–¿Cómo? –pregunta el Ministro de Exteriores.

–Atentado. No asesinato –aclara el jefe de gabinete.

–Eso: atentado –subraya el presidente dirigiéndose directamente a su relaciones públicas–. ¿Sabemos algo de verdad?

–Yo no. ¿Y tú? –se lanza directamente al jefe de gabinete.

–Márchate. Tengo que hablar con el presidente. Peral rezonga, pero termina saliendo del despacho.

–No seas así con Peral. Lleva conmigo desde la época del Ministerio.

–Eso fue hace mil años. Entonces no tenías que gobernar este país –interviene Cela.

–¿Qué querías? ¿Que no escuchara Peral?

–Los rusos han dicho que van a renunciar a seguir la causa en La Haya.

–Es lo que buscabas, ¿no?

–Quieren el cincuenta por ciento de Happy Team.

CIENTO TRES

"Aullaban y brincaban y daban vueltas y hacían muecas horribles; pero lo que estremecía era pensar en su humanidad...".

(Joseph Conrad, *El corazón de las tinieblas*)

–Se suponía que no tenían alma, pero un día... –comenzó Herminio Loredo.

–Pero un día... –la doctora Covadonga Villanueva insiste.

–Ya sabe lo de mi mujer.

–Algo me dijeron.

El exmédico vuelve sobre la historia de la organista en el coro de la iglesia nueva de Sabugo y sobre la montaña de cadáveres en la puerta del templo.

–Una montaña de cadáveres mientras sonaba el Chopin más tenebroso de todos. Era mi mujer.

–Y acabó con ella.

–Eso me habían enseñado: los muertos que no terminan de morir son carne peligrosa que se mueve. Se lo escuché por primera vez a José Iván Ardid, el primero de los cazadores. Cuando todo comenzó.

–Le mataron, ¿no?

–Le mataron, sí. Fue el primero de nosotros en caer. La empresa le colocó como nuestro primer intendente. La casa que le correspondió era la que salió de adecentar el antiguo instituto de Valliniello. Cuando todo empezó, aquel edificio ya estaba consumido por la aluminosis.

–Usted mató a su mujer.

–Es que ya no era mi mujer. O a lo mejor sí. Me miró a los ojos. Los ojos se le salían de las órbitas mientras recorría con sus dedos los dos teclados del órgano.

CIENTO CUATRO

"¿Son estas las sombras que Serán,
o son las sombras de las cosas
que sólo Podrían ser?".

(Charles Dickens, *Canción de Navidad***)**

Lo que descubren, de repente, es que Andrej Pedachenko nunca estuvo solo. Y es entonces cuando vuelven a salir en esta historia los episodios antiguos de Norlisk y del monte Elbrús. El de las dos cumbres. En medio del Cáucaso.

Traidores gélidos. Sanguinarios réprobos. Muertos que no están muertos.

Y aquí viene lo de la soledad incendiada del segundo oficial del Arkangel, el barco en donde empezó todo.

Herminio Loredo lo sabe, pero no se lo dice a nadie. Y no se lo dice a nadie porque no hay nadie a quien decirle lo que la verdad esconde en las entrañas del pasado.

La verdad no es más que una foto antigua de la verdad. Y eso sí que es triste.

Elisa Fernández fue la primera en descubrir el nombre de Yuri Pedachenko. Norlisk.

Monte Elbrús.

Arkangel.

Hubo una vez en que el terror comenzó dos veces.

–O sea, el primer caso no fue el primer caso.

Elisa Fernández, que todavía no se ha muerto, se lo confirma a la doctora Villanueva.

–Dos hermanos asesinos. Yuri, en Arkangel.

Andrej, en Avilés.

–Qué bien –bromea Agnès Bègue, la ayudante de la doctora Villanueva.

CIENTO CINCO

"Vivían como hundidos en las sombras de un sueño
profundo, sin formarse idea clara de su vida,
sin aspiraciones, ni planes, ni proyectos, ni nada".

(Pío Baroja, *La busca*)

Parece que se detiene el tiempo justo cuando descubren que sí, que han abierto el portón 73 del tren semicontinuo.

Y por eso respiran. Los dos: el cazador y el conductor. El imbécil de Diego Llorente y el médico traspasado por la vida. Un carguero, los jirones de una bandera soviética. Cuando el mundo había dejado de ser mundo.

Saben que la nave del tren de bandas en caliente es gigante. Un campo de fútbol. Dos campos de fútbol. Y, en el medio, una mesa de quinientos metros a base de rodillos.

–Silencio –ordena Diego Llorente, el jefe del comando, el habitante del primer piso del palacio municipal de Nubledo.

Allí vive con Lidia.

El médico guarda silencio.

Los dos se arrastran en medio de la nave.

–Esto es el tren de bandas en caliente.

Los muertos tienden a agruparse en bandadas.

No ha entendido, después de tantos años, que los muertos tiendan a agruparse en bandadas. Las bandadas de muertos no se mastican entre sí. Las bandadas se convierten en jaurías salvajes que solo quieren ser jaurías salvajes más grandes. Herminio Loredo entiende a los muertos solitarios. Algo los recompone, algo hace que los vivos decidan que el brazo muerto está mejor como carne viva.

CIENTO SEIS

"Fui un poco más lejos –dijo él–
después un poco más... hasta que he ido tan lejos
que no sé si regresaré jamás".

(Joseph Conrad, *El corazón de las tinieblas*)

El presidente Gil resume para sus adentros las últimas semanas de su gobierno. Y así salen la comparecencia en la Corte Penal Internacional, el abogado muerto, el tiro en los canales. Y luego, la llamada de los rusos.

Y un subidón de azúcar: no te olvides de que el presidente es diabético.

Laura Díaz es profesora de Climatología en la Universidad de Oviedo y es también una vieja compañera de partido. Cuando el nacimiento de la República, salió del agujero en el que se había escondido.

El presidente necesita convencer a su antigua compañera de revolución de que era necesario desactivar a Carlos del Busto.

–Los rusos no lo querían en La Haya.

–Pero son ellos los que nos han acusado de volver al esclavismo. Gil le repite a Laura Díaz que los rusos dan más que lo que quitan.

–Pero ¿había que pegarle un tiro?

El presidente Gil reconoce que los rusos no esperaban una decisión tan drástica.

–Pero que se jodan.

Díaz le escucha como la mujer amoratada del último tramo de una película de psicópatas.

–No se lo esperaban –repite.

–Tampoco César se esperaba la cabeza de Pompeyo en la playa de Egipto. Gil no la entiende.

CIENTO SIETE

Le explica que decidieron ahorrarse el hormigón del diente de la muralla que correspondía a ese lugar en medio de la antigua Ensidesa porque los que tenían que decidir estaban convencidos de que aquellas naves iban a contener a los muertos que no terminan de morir.

–Corruptos hasta para separar a los vivos de los muertos. Hijos de puta.

Diego Llorente y Herminio Loredo han aparcado delante de los portones de acceso a la nave del tren de bandas en caliente de la antigua siderúrgica.

–Está abierta –dijeron los dos casi a coro. Hace un rato ya.

–Hay que llamar a la central. No sabemos a cuántos nos vamos a encontrar. Esto lo dice el exmédico.

–¿Tú y yo solos no vamos a poder con esas cosas? –bromea Llorente.

Herminio Loredo está convencido de que no, de que claro que no, de que la suma del cazador y de su conductor no dan para una pacificación de muertos que no terminan de morir.

223

–Llama, joder.

Y Diego Llorente llama.

–Central. La puerta de la nave del tren de bandas en caliente de la antigua siderúrgica está abierta.

Y el otro lado solo devuelve silencio.

CIENTO OCHO

"Le miré como uno observa a un hombre
que yace en el fondo de un precipicio
donde el sol no brilla nunca".
(Joseph Conrad, *El corazón de las tinieblas*)

Se llama clínica, pero en realidad es un campo de concentración. A Covadonga Villanueva no le hacen gracia ese tipo de chistes. Es así. Sobre todo ahora, que la República tiene que responder en La Haya por los muertos que no terminan de morir, los muertos que fueron legión hasta el día de la contención, hasta el día de la muralla. La doctora Villanueva dirige a un centenar de ingenieros que cuecen la sangre, la congelan, la mastican y terminan descomponiéndola en moléculas.

–Claro, Laura.

Laura Díaz, la antigua profesora de Climatología, le reclama a su directora de innovación los avances conseguidos.

Y la doctora Villanueva le suelta que es posible que los muertos que no terminan de morir acaben viviendo.

–¿Lo tienes claro?

–Todavía no, pero estamos casi seguros.

El despacho de Laura Díaz está en la quinta planta del antiguo hotel de Los Balagares. Desde su ventana se contempla una nube negra sobre el recinto amurallado. La profesora de Climatología nunca dice "Avilés". No es Avilés. Es la jaula en la que los muertos que no terminan que morir alimentan un país crecido como una corrupción llena de sangre.

–No era eso lo que te pedimos que estudiaras, Covadonga.

Covadonga, entonces, descubre la nube negra.

CIENTO NUEVE

"Más de una vez tuvo que vadear
durante un rato, con veinte caníbales
chapoteando alrededor y empujando".
(**Joseph Conrad**, *El corazón de las tinieblas*)

—¿Dónde está?

La nave del tren de bandas en caliente es una montaña de tuberías que bordea una mesa gigantesca de rodillos cruzada por puentes donde los siderúrgicos vigilaban la gordura de los desbastes que llegaban de la acería.

—¿Qué hacían aquí? —dice Diego, pero por decir algo, por romper el silencio.

Deciden que lo mejor es no esperar a Peñas. El exmédico y su cazador de zombis quieren pensar que lo que abrió la puerta fue el viento descolocado y quieren pensar también que ninguno de los muertos que no terminan de morir aprovechó el accidente para la huida. Y quieren pensar todo esto porque, si no es así, los muertos que no terminan de morir serían más que animales llenos de sangre.

Y eso sí que no lo quieren pensar.

—Aquí trabajaban como trescientos obreros —subraya Loredo con desprecio.

—Es imposible que hayan escapado —dice Diego.

El exmédico guarda silencio. No quiere pensar en que los muertos que no terminan de morir sean capaces de haber podido evolucionar.

–No veo nada –dice Loredo al fin mientras conecta la lámpara del casco.

El silencio es atronador, pero los dos exploran la nave, salvan las malas hierbas, los cascotes derribados por el tiempo y, al final, escuchan los primeros rugidos.

Son rugidos.

–Corre –grita el exmédico.

CIENTO DIEZ

"La verdad interior está escondida;
afortunadamente, afortunadamente".
(**Joseph Conrad**, *El corazón de las tinieblas*)

Lidia toma nota de las palabras que pronuncia su excompañera de clase: las de Leire del Busto. Las que pronuncia al otro lado del teléfono. Es la tercera vez que ha marcado su número. No lo tiene guardado en el móvil. Lo tiene guardado en su memoria. Lidia, que acaban de cargarse a mi tío. Un tiro. Un único tiro. Entre ceja y ceja. Y sin cerebro. Un tiro. Que íbamos a comer. Que acababa de salir de la Corte Penal, que creía que podía conseguir que los muertos que no terminan de morir se convirtieran en bestias. En bestias, Lidia. Un tiro. Nada más que un tiro. Está ahí, en la sala de autopsias. Un policía me ha preguntado por los enemigos de mi tío. De mi tío. Mi tío solo tenía enemigos mientras se extendiera un pleito. El de ahora, claro, el de ahora es el más salvaje. Asturias es un país que nació regado con la sangre de los muertos que no terminan de morir. Los muertos que no terminan de morir tienen que ser las bestias. Lidia, si somos humanos, es porque morimos. Pero a mi tío Carlos le han matado. Un tiro. Un solo tiro. Entre ceja y ceja.

–¿Por qué nos esperaban en el Jordaan precisamente? –implora.

Lidia sigue tomando nota y, entonces, es cuando escucha que Leire sabe que la bala no es rusa, que la bala no es soviética.

–De Trubia.

Bah.

–Los rusos le disparan una bala fabricada en Asturias. Lidia.

CIENTO ONCE

"-La humanidad se toma demasiado en serio.
Ese es precisamente el pecado original del mundo.
Si el hombre de las cavernas hubiera sabido reír,
la Historia habría sido muy distinta".

(Oscar Wilde, *El retrato de Dorian Gray*)

Las autoridades de la ciudad de Arkangel reclamaron instrucciones a las del Kremlin. De Moscú llegó la orden de estabular a los muertos que no terminan de morir.

Carlos del Busto, inusitado, abre los ojos.

Carlos del Busto todavía no está muerto. Todavía no le han clavado la última bala entre ceja y ceja.

En los canales de Ámsterdam. Otra vez.

Le ha pedido a su amigo Santiago de la Cruz que le traduzca los documentos que reclamó la Corte Penal a la delegación de la Federación Rusa.

Doscientas tres cajas en alfabeto cirílico.

De la Cruz, que es profesor de Literatura Rusa en la Universidad de Barcelona, ha tenido que volar a La Haya. Y De la Cruz odia volar. A La Haya y a donde sea.

–¿Y por dónde empiezo?

–Pues por el principio.

Y al principio, como la flauta del asno, suena el documento que anulará la denuncia contra la República.

−¿Tú crees?

Estabular los muertos, esperar a octubre, a que llegue la temporada de la congelación del mar Blanco, conducirlos a los muelles y ya está. Los muertos que no terminan de morir que se entierren congelados en nicho más helado.

CIENTO DOCE

"La isla estaba deshabitada, desierta;
mis compañeros se habían quedado muy lejos,
a mi espalda, y en torno mío sólo palpitaba
la vida salvaje, la misteriosa fauna
escondida entre matorrales y fronda".
(Robert L. Stevenson, *La isla del tesoro*)

—¿Y qué hago yo?

—Decir que sí.

—Te quieren anular.

—No tardarán en hacerlo de todas las maneras. No necesitamos héroes.

—¿Y yo?

—Haces lo que tienes que hacer. Ya te lo he dicho.

Covadonga Villanueva conoce que, al final, está la destrucción y la ruina.

—No quieren muertos sanos.

—Pero es que...

—No tienen a nadie que cubra mi ausencia... Solo tú.

—No puede ser.

—Lo es. Cuando Laura Díaz te llame tú dices cuándo. Cuando te diga qué piensas, tú dices que no piensas. Agnès, soy un cadáver. Tú todavía no.

–¿Y los muertos que reviven?

–Olvídate. Un cadáver es mejor que dos. Ellos solo quieren que los muertos que no terminan de morir no se mueran del todo. Habrá que volver a pensar en su reproducción.

–Salían monstruos.

–Agnès, no hemos dejado nunca de ser monstruos.

CIENTO TRECE

"Va a estar mejor si hace para estar mejor".
(Martín Echenique, en *Martín (Hache)*)

Se pone a pensar. Siempre que se pone a pensar, piensa en la noche en que los dos caminaban por la calle de la Cámara y se decían solamente que el fresco se había convertido en frío y no se decían nada más porque solo paseaban. Él se había quitado el jersey. Valentina. Y Valentina decía que no, que el frío no iba con ella. Valentina había bailado con esa camisa blanca (o con una parecida, no sé) en el primer palco del teatro Palacio Valdés aquella noche en que Sidonie entonó el himno del país en el que el médico y la profesora de Órgano se iban a quedar a vivir. No había atracado el barco de la muerte, la muerte entonces era el final de un camino que coleccionaba curvas y luces del cielo. Y lunas rielando como un charco de tiempo detenido. Y así estaban los dos: el médico –todavía era médico– y la profesora de Órgano. ¿Y por qué de Órgano? Y ella le explicó que era la única manera de controlar el mundo. Tres teclados. Un camino. Una vida entera. Calles de metal como campanas de una catedral. ¿Y tú? Y él quiere decirle que esos pasos contemplados son los pasos mejores de toda la vida. Y se lo quiere decir para por fin descubrir que allí debajo hay algo que descubrir, que se ha cansado de ser la esquirla del bloque de mármol blanco del que emerge *La Pietà* o el *Moisés* o cualquier cosa que es algo más que solo mármol. Y es cuando sucede que está junto a ella. Días después del concierto en que empezó todo. Con esa camisa de color blanco, con esa memoria movida como un tornado por la batería de Axel Pi cuando ni había aparecido la primera sentencia de muerte y la segunda solo era el argumento de una película que nunca había existido.

–Lo siento, Valentina, pero tienes que volver a morir.

CIENTO CATORCE

"Pero cuando un hombre no puede comprender
nada en serio, cuando no tiene corazón,
ni voluntad, ni sentimientos altos, ni idea
de justicia ni de equidad, es capaz de todo".

(Pío Baroja, *Mala hierba*)

I

El secretario de Estado de Cultura espera a que le abran la puerta del despacho del presidente Vicente Gil.

–Saúl Fernández ha llegado.

Y Saúl Fernández escucha el grito salvaje del presidente Gil. Y se levanta. Y da dos pasos arriba y abajo. Y mira a la secretaria. Y la secretaria le mira. Y se miran los dos.

–Discúlpalo.

–Me voy.

–Está muy nervioso.

–Es imbécil –determina Fernández.

II

El presidente Gil está sentado detrás del escritorio de Belarmino Tomás. Al otro lado de la mesa están Peral y Cela.

El presidente se está pinchando la insulina.

–Saúl Fernández ha llegado.

–Que le den por el culo a Saúl Fernández.

–Presidente, coño..., que se nos vienen los teatreros.

–Paso a paso, Ignacio. ¿Dónde está el cadáver de Del Busto?

CIENTO QUINCE

"Banquo. – Habrá lluvia esta noche.
Asesino 1º. – Pues que caiga".

(William Shakespeare, *Macbeth*)

I

Antes de que todo empezara a suceder, el patrón del Arkangel, decidió tirar para delante.

–A coger el mar –ordenó.

Estaban en los muelles de la ciudad de Arkangel. Y es que hay una ciudad que se llama Arkangel.

El Arkangel carga chatarra de aluminio para los hornos de fundición de Alcoa. Aluminio y hielo salvado.

II

Con lo que sigue soñando es con la bandera soviética enarbolada en la popa del Arkangel.

Y sigue soñando por la hoz, el martillo y el rojo deshilachado. Un imperio como una telaraña.

La única preocupación de la tripulación era la que generaba el oficial Andrej Pedachenko.

El capitán Pedachenko no era de Arkangel. Ni de Leningrado. Ni de Moscú. El oficial Pedachenko había nacido en la gélida ciudad de Norlisk.

Al norte del Norte. Ni un árbol nuevo a doscientos kilómetros a la redonda. Y un día, nadie sabe por qué, todo fue que comenzó.

–Mi capitán, hemos logrado encerrarlo.

CIENTO DIECISEIS

"He evitado incontables futuros terribles.
Y después de cada uno siempre hay otro".

(**La Anciana**, Doctor Extraño)

Valentina le dijo que era profesora de Órgano en el Conservatorio.

–¿Y tú?

Ahora, que se pone a recordar, recuerda que le respondió que médico. Y es que entonces, cuando entonces no se había convertido en este ahora lleno de sangre, no había muertos que no terminan de morir porque los muertos detrás de las mascarillas morían todos de una vez. E insiste y recuerda a la chica de la camisa blanca en la terraza del Lord Byron, pero también a la chica que bailaba como una peonza que no quería bailar en aquel palco del Palacio Valdés. La de las mangas que padecían el aire de una túnica melancólica. Una camisa blanca, una mascarilla de cuello vuelto.

A ella.

No a su cadáver.

–No te imagino con una capa tétrica sentada delante de los teclados del órgano.

–Me la voy a comprar: para que dejes de imaginar –soltó antes de la primera carcajada–. ¿Y tú quién eres?

–Un médico. Solo un médico de familia.

–¿Y vienes solo a los conciertos?

–Es que esperaba conocerte.

–¿Ah, sí?

–A ti. O... A ti o a alguien nuevo en mi vida.

–No me has dicho tu nombre.

–Herminio, Herminio Loredo.

CIENTO DIECISIETE

"Le miré como uno observa a un hombre que
observa a un hombre que yace en el fondo de un
precipicio donde el sol no brilla nunca".
(Joseph Conrad, *El corazón de las tinieblas*)

Carlos del Busto le dice a su sucesor que ya no fuma.

En cuanto llegan a la cafetería en la que se han citado, sonríe a todos los que le sonríen.

Con uno, además, no se corta:

—¿Tienes un cigarro? —le pregunta.

Y el tipo responde claro, por supuesto, cómo no voy a tener el pitillo para el prócer gijonés por excelencia.

Le da un Winston, aunque Carlos del Busto es más de Fortuna Light, le explica.

Cajetillas blancas y bandas azul celeste.

—No pienses mal: he dejado de fumar.

Pero el presidente Gil hace tiempo que no piensa bien, ni aunque tenga delante de sus ojos a Carlos del Busto, a su primer antecesor: caballero de relumbrón, hombre poeta, abogado luminoso.

—¿Quieres merendar?

Vicente Gil acepta la invitación. Y le suelta, así como si nada, que es diabético, pero que lo lleva bien. La endocrinóloga gilipollas me ha dicho lo de las cinco comidas.

Llega el camarero y hace como que va a preguntar, pero el prócer se lo impide.

–Dos cafés y dos *croissants* –decide.

Que soy diabético, tío, que soy diabético. Pero, en verdad, no se me oye nada.

CIENTO DIECIOCHO

"Se volvió un solitario, perteneciente
a esa trágica clase de hombres activos
prematuramente privados de actividad;
nadadores alejados del agua
o actores desterrados del escenario".
(**John Le Carré**, *El espía que surgió del frío*)

Sucedió al comienzo de toda esta mierda, cuando la vida se detuvo, cuando el presente cambió de cara y logró que el pasado se convirtiera en futuro.

El pensamiento, la mente original del doctor Loredo, había aventado la esperanza de que nada le podía rozar.

La vida es una competición de coches de choque: un plano, unas luces, un cadáver que sujeta el volante. Los volantes han dejado de ser valientes. Te veía al otro lado de la feria, bajo el manto eléctrico de aquella mierda de música.

Da un paso. Y también el segundo.

La vida es el camino que termina con los pasos que no van a ningún sitio.

Pero Valentina no está en esta historia. Valentina, cuando todavía no era Valentina, baila y mueve esa camisa de color blanco mientras sigue cada una de las notas que pronuncia Sidonie sobre las tablas históricas del teatro. Valentina bailando, con esa camisa blanca, en el primer palco del Palacio Valdés, aquella noche en que Sidonie entonó el himno del país en el que el médico y la profesora de Órgano se iban a quedar a vivir.

Pero eso el médico, entonces, no lo sabía.

Y la profesora de Órgano ni se lo imaginaba.

Y cuando los dos lo supieron fue cuando comenzaron los ríos de sangre.

Había que dejar que los muertos que no terminan de morir alcanzasen la mesa de la desaparición y el fin.

CIENTO DICIENUEVE

"No me gusta lo que da miedo y duele".

(**Bender**, *Futurama*)

Como Lidia ha tomado nota de cada una de las palabras de Leire del Busto, decide que ya puede dejar
de fingir.

Ha dicho varias veces ajá. Ha dicho vaya.

El cadáver del expresidente Carlos del Busto está
por fin en el fondo del canal de Prisengracht. ¿En
la desembocadura? ¿En el nacimiento? Leire no ha
respondido. No entiende las preguntas que escucha
de su antigua compañera de clase. No, que salimos
de la estación, que buscábamos un sitio para comer
y, de repente, fue cuando lo del tiro. El tiro soviético.
La bala de Trubia. La bala de Trubia. Una inspectora
de la Policía se lo había dicho a Betje Bos como una
presunción. No parece una bala soviética. Ha dicho
eso. Soviética. No parece una bala soviética.

Rusia vuelve a ser soviética. Rusia ha hundido a
sus muertos que no terminan de morir en el fondo
del mar Blanco, pero eso Leire todavía no lo sabe y,
por eso, no lo ha anotado Lidia al otro lado del teléfono, en su despacho de sombras del primer piso del
palacio consistorial de Nubledo.

−¿Y lo de la bala?

–No lo sé. Eso se lo ha dicho la inspectora. Betje Bos, mi mujer, la diputada ha hablado con el Embajador para preparar la repatriación del cadáver.

–Deberían organizar un gran homenaje.

–El presidente no me ha llamado. Solo he hablado con el Embajador.

–No entiendo nada –ha dicho Lidia mientras ha anotado en el cuaderno: "Hay que llamar al presidente, hay que organizar un homenaje".

CIENTO VEINTE

"Había peligros, por supuesto, ero tan sólo
los normales, los de siempre,
que en ningún caso eran terribles".
(Ian McEwan, Ámsterdam)

Se pone a analizar la situación y piensa en Dimas y en su nido de ametralladoras en lo alto de la colina de Los Balagares. Y piensa en eso que le dijo cuando la asamblea: en el portón abierto sin cuidado, el de la nave del tren semicontinuo de la gran siderúrgica, donde se aplanaban los desbastes. Y, entonces, recuerda –Herminio es de mucho recordar– que nadie protestó cuando los burócratas decidieron ahorrarse un diente de hormigón de la muralla que tenía que haber encerrado a los extrabajadores de la nave entre sus cuatro paredes para siempre.

Y el portón abierto vuelve a su mente. Y Valentina. Y un poco también Lidia, pero esta última no sabe muy bien por qué.

Diego Llorente y el exmédico habían cruzado buena parte de la nave del tren de bandas en caliente y entonces fue cuando oyeron los primeros rugidos. Sí, los primeros. Y Diego dijo que es imposible, que los muertos que no terminan de morir de aquel turno de la siderúrgica se habrían tenido que pudrir

entre esas cuatro paredes de hormigón, alumbra-
dos a través de esas ventanas góticas, en esos dos
campos de fútbol de máquinas herrumbrosas.

–¿De dónde vienen esos rugidos?

Herminio Loredo se lo imagina, pero no quiere
responder. Lo que quiere es que Diego se muera.

O quizá no.

–Corre –es lo único que grita.

CIENTO VEINTIUNO

"Sin ti vivo como un don nadie, todo pasa,
palabra de Dios, sin pensamientos, sin deseos,
yendo con paciencia de esquina en esquina".

(Anton Chéjov a Olga Knipper)

Ha soñado que existía una habitación llena de estanterías que guardaban en cada balda una historia propia; una estantería de la que, como si nada, podías extraer los episodios más crueles de la vida y ser feliz.

Pero ese había sido un sueño de mierda porque los huecos vacíos se volvían a llenar al minuto de haber ganado la ausencia.

El vacío era la esperanza de la felicidad que en realidad se consumía como una mecha de dinamita en el subsuelo de una mina.

Eso pensaba Herminio Loredo. Y también pensaba que aquel único instante de felicidad de la habitación llena de estanterías al final podía durar una eternidad entera en sus aspiraciones venideras.

Porque vivía y revivía.

Y, pese a todo, hace tiempo que descubrió que la vida consiste en encontrar esa habitación y esas estanterías llenas de todos los episodios de la propia historia.

Y poder eliminarlos.

Herminio guarda silencio, Herminio contempla el cielo y la colina de Los Balagares allá a su izquierda. Y busca el nido de ametralladoras. Y no encuentra el cañón que vigila el agujero de la muralla, la ausencia del diente de hormigón, el vacío en la muralla, los muertos que no terminan de morir deberían haber quedado estabulados en aquella nave para siempre.

En la nave del tren semicontinuo.

−¿Y de dónde han salido?

CIENTO VEINTIDÓS

"La epifanía sólo es posible tras el desastre que le precede. El desastre tiene que ser de la magnitud suficiente para permitir el renacimiento".
(Chuck Palahniuk a Anatxu Zabalbeascoa, en "*El País Semanal*")

El presidente Gil contempla la calle Santa Cruz desde la ventana de su despacho. Cela, su jefe de gabinete, está a su lado. Acaba de encender un pito. Mientras, Manolo Peral, el Ministro de Exteriores, atiende una llamada y se pasea por el despacho.

–Esto está muerto –observa Gil con la mirada perdida en el campo de San Francisco.

–Oviedo a las diez de la noche es una ciudad de cadáveres –apostilla Cela.

–Según las últimas estadísticas –parafrasea el presidente así su época bachiller–. ¿Hemos pensado en el recambio de Covadonga Villanueva? –termina preguntando.

–La francesa. Dijiste la francesa.

–¿Qué francesa?

–Joder, su ayudante –interviene Peral, que acaba de colgar–. Ya está hecho.

–¿Ya?

–Era Laura Díaz. Dice que se ha partido el cuello.

–Vaya. Habría estado bien haberla llevado a Avilés, así su sangre habría servido de algo.

–Eso le dije a Laura. Que lo mejor era una bala en el corazón y luego dejarla sola en Avilés. Se ha disculpado: ha tenido que preferido tirarla por el balcón.

–Me encanta. Al final no sabía volar. Bueno, y la francesa, ¿qué? –vuelve Gil.

–No causará problemas. Sabe que debe terminar con los experimentos que devuelven los muertos a la vida.

–¿Y los de que se podían reproducir? –insiste el presidente.

CIENTO VEINTITRÉS

Le explica la situación, le dice que sí, que han corrido y que han escapado, pero también le dice que al otro lado del portón número 73 tiene que haber una bandada de muertos que no terminan de morir,

Pero Diego no entiende nada.

–No entiendo nada –y se justifica–: han cruzado el portón de la nave, han corrido la nave y no han visto nada.

–Eran rugidos –replica el exmédico con ganas de clavarle la pica en el corazón.

–¿De dónde venían?

El exmédico quiere decirle que de los sótanos del taller, pero se calla. No va a decirle nada.

Que se joda.

Fantasea con que Diego acabe siendo pasto de los muertos que no terminan de morir y que él, el exmédico, tenga que decirle a Lidia todo aquello que no se atrevió a decirle a Valentina.

Cuando Valentina todavía era Valentina.

Llegando aquí, sin embargo, vuelve a ser razonable.

–Debajo de la nave principal, debajo de la máquina de planeamiento de *slabs* hay tres pisos de cimientos. Antes de que todo empezara, solo aquí debió de haber como trescientos operarios.

Y entonces es a Diego a quien le da por pensar:

–¿Y pensaron que era buena idea cerrar el portón y pasar de la muralla?

CIENTO VEINTICUATRO

"Fingimos unos con otros toda esta dureza,
pero realmente no somos así. Quiero decir...
uno no puede estar todo el tiempo fuera,
al frío; uno tiene que retirarse,
ponerse al resguardo de ese frío...".
(John Le Carré, *El espía que surgió del frío***)**

Un redoble de conciencia o el azar de un buró-
crata dejó fuera del perímetro de la muralla de
Avilés al cementerio de La Carriona.

–Cuando decidieron cuáles iban a ser los límites del cerco, alguien salvó el camposanto –dice
el tipo que ha llegado tarde al funeral de la doctora
Villanueva.

Entonces, como una carambola en una mesa de
billar, comienza a orvallar.

–Llueve –insiste aquel mismo tipo, ahora, bajo el
paraguas que acaba de abrir.

En ese momento Gil, el presidente de la República, empieza a decir.

–Es un farsante –subraya el tío del paraguas,
pero sin lograr que Agnès Bègue pronuncie palabra.

–Usted es Agnès Bègue.

Y así es que la ayudante de la doctora Villanueva
se ilumina de nuevo.

–Sí –se limita a responder.

El presidente Gil habla de la sabiduría de la doctora Villanueva, del dolor de su ausencia y de su última decisión en el mundo.

El presidente Gil es, de natural, melifluo y palabrero.

–Va a anunciar que le van a dar la Medalla de Asturias. Es un farsante.

–¿Y usted quién es? –pregunta ella, al fin, la última discípula de la doctora Villanueva.

–Una paradoja –se limita a responder el trío.

–No es solo un farsante... Es un asesino.

CIENTO VEINTICINCO

"Todo se había perdido, menos lo esencial,
que es la vida, y aún podíamos encaminarnos
a tierra sin grandes esfuerzos".
(Robert L. Stevenson, *La isla del tesoro*)

Así que ahí está Leire del Busto. Tiene el teléfono móvil en la mano, mira la pantalla, busca en la agenda. Tengo que llamar a casa. Encuentra el número de Lidia Sánchez, su antigua compañera de clase. La bala que destrozó el cráneo del primer presidente de Asturias y lo lanzó a uno de los canales del Jordaan es de Trubia, Lidia.

De la fábrica de Trubia.

–Le ha disparado uno de los vuestros –esto –"de los vuestros"– se lo ha dicho Betje Bos, que es la mujer de Leire y también la portavoz socialista en la comisión de Exteriores en el Binnenhof.

–¿Estás segura?

Bos le insiste en que ella, en que Leire, no debería saber esto todavía, que quieren comprobarlo una segunda vez, pero el investigador está absolutamente seguro:

–¿Los nuestros? Tenían que haber sido los rusos. Betje no sabe responder y por eso solo la abraza.

Leire tiembla. Leire tiene ahora sobre sí la responsabilidad de repatriar los restos del abogado Del Busto a Asturias, de lamentar su asesinato y de hacer público que el tiro llegó de su misma orilla.

–¿Y en la Corte Penal?

–Asturias va a tener que enviar un nuevo representante.

–Tengo que llamar a mi padre –dice Leire mientras marca el número de casa.

CIENTO VEINTISÉIS

"Muévete, actívate. Ahora la actividad para
ti es un esfuerzo; haz algo; repite lo que hagas,
hasta que la actividad sea para ti una costumbre.
Convierte tu vida estática en vida dinámica.
¿No me entiendes? Quiero decir que tengas voluntad".

(Pío Baroja, *Mala hierba*)

El exmédico ve al final el final de su carrera en solitario.

Sin Valentina.

Sin Lidia.

Sin futuro.

–Entremos –propone.

–¿Para qué?

Diego Llorente, lo reconoce el exmédico, es ahora cuando vuelve a ser normal:

–Somos dos. Y los monstruos, como trescientos. Los has oído. Hemos cerrado el portón... Esto ya no es problema nuestro. Que se coman todos contra todos, pero ahí dentro.

–Abrieron el portón. Lo abrieron ellos. Los monstruos empiezan a pensar. Hay que matarlos a todos –replica Loredo

O nos dejamos morir.

Esto último solo lo piensa. Y no es la primera vez que lo hace. Muerto, carne sangrante, pies en el cielo.

La sangre muerta es esencia y destilado de presente. Un tesoro. Lo demás, elementos cuarteados: tronco, extremidades...

Pero solo piensa.

–Vamos a esperar a Peñas. Vamos a tapiar esta puerta. No se van a escapar. Valentina, con su camisa blanca. Valentina, en el primer palco del teatro Palacio

Valdés. Valentina y él como si nada.

CIENTO VEINTISIETE

"El futuro es un agujero de mierda total
y aquel que viva en él
es una mierda con cara de mierda".

(**Bender**, *Futurama*)

Lidia escribe. Y, luego, se levanta de la mesa y, después, deja que la luz que titila se asome a la ventana del antiguo salón de recepciones del viejo Ayuntamiento de Nubledo. Escribe lo que sabe que ha averiguado Leire, que sigue en el sótano del Academisch Medisch Centrum, el Hospital Universitario de Ámsterdam. Que sigue allí, que no se ha movido de Ámsterdam. Escribe, por ejemplo, que sospecha que Leire sospecha las razones de la muerte por ejecución del abogado Del Busto. Y sospecha de la sospecha porque su antigua compañera de clase, de repente, ha dejado de contarle la sorpresa continuada que viene a la vida después del tiro en el cráneo del primer presidente de la República de Asturias, el país que nació con una ciudad amurallada llena de muertos. Depósitos de sangre acartonada, la vida que viene de la muerte.

Y todo esto lo escribe para que el presidente Vicente Gil sepa de verdad qué está viniendo que hay que parar.

Lo que no escribe es lo que suponen los fines de semana sin la presencia de Herminio Loredo sentado al otro lado de su mesa, con la botella de vino caro bajo el brazo. Cuando la muerte se doblega solo queda la voluntad de conseguir el mejor de los porvenires, pero Lidia Sánchez no es una ilusa.

Lidia escribe porque el presidente Gil espera el cuento prevenido. Lo mejor es seguir viviendo como antes.

Y, de repente, ahí, vuelve a sonar el teléfono.

–Dime, Leire.

CIENTO VEINTIOCHO

"Uno cree que puede subir más alto,
y sube: así es el dolor".
(**John Le Carré**, *El espía que surgió del frío*)

José Iván Ardid, que no sabía, cayó a dentelladas.
En la plaza de Álvarez Acebal.

Se acuerda ahora porque fue el primero de todos.

Los muertos que no terminan de morir mastican
la pena.

El primero de todos encerró el tablero de juegos,
el primero de todos descubrió el presente y llenó de
sangre la tristeza.

Los muertos que no terminan de morir mastican
la pena.

–No lo conociste.

–Nos has hablado mucho de él –subraya Diego
Llorente.

El conductor y el cazador de zombis acaban de
asegurar el portón número 73 de la nave del semicontinuo, del de las líneas de galvanizado.

–Tiene que venir Peñas. Con la grúa –repite.

Se acuerda del día en que Ardid y él cruzaron por
primera vez el cerco de la ciudad. Se acuerda porque
fue entonces cuando comenzó el cuento del mar, del

huracán y del tornado que atrapó a Herminio Loredo para siempre.

Así que el exmédico se devuelve a su introspección idiota.

Un día, en el teatro, los puños de su camisa blanca como una bandera. Un día se hace de noche a su lado. Y, al final, la noche fue día.

–Pero no viene.

–¿Qué dices? –pregunta el gilipollas de Diego, pero el médico no dice nada; el médico se agrieta porque hace tiempo que descubrió que el dolor alarga el tiempo.

CIENTO VEINTINUEVE

"La vida es una pura cuestión de nervios,
fibras y células en lento desarrollo en
las que se oculta el pensamiento
y en las que la pasión alberga sus sueños".
(Oscar Wilde, *El retrato de Dorian Gray*)

El apartamento está en la tercera planta del palacio de Suárez de la Riva. Tiene una habitación grande y tres más pequeñas, cocina, comedor, un despacho y dos baños. Al presidente Vicente Gil le gusta recordar que lo habilitaron a comienzos de la década de los noventa porque se siente así un poco dentro de la Historia.

–Era presidente Juan Luis Rodríguez-Vigil.

Rodríguez-Vigil fue el segundo de Asturias tras la aprobación del Estatuto.

Mucho antes de todo esto de ahora.

Vicente Gil está medio tumbado en la *chaise-longue*. Tiene un copazo de Lagavulin en una mano y con la otra navega sin rumbo por la oferta cinematográfica de Netflix. No sabe con qué película quedarse y como no lo sabe le pide consejo a Ignacio Cela, que fuma, a su lado, con la mirada perdida en la estantería llena de libros.

–No deberías beber... –dice el jefe de gabinete.

–Y tú no deberías dar el coñazo. ¿Qué andas buscando?

–No me había dado cuenta: están ahí las biografías de todos los presidentes.

–Desde Pedro de Silva a Carlos del Busto –confirma el actual titular de la plaza.

–¿Le han hecho ya una biografía a Carlos del Busto?

–La encargué yo el año pasado. Bueno, qué, ¿qué vemos esta noche?

–No sé. Una de terror. Habrá que encargar la segunda edición, ¿no?

–Lidia Sánchez no sé qué quiere contarme.

–Una de zombis –dice Cela.

CIENTO TREINTA

"Al otro lado de la valla se levantaba
espectral el bosque a la luz de la luna,
y a través de la ligera agitación,
a través de los confusos sonidos
de aquel patio melancólico,
el silencio de la tierra se le adentraba
a uno en el mismísimo corazón".
(**Joseph Conrad**, *El corazón de las tinieblas*)

–Si ya están controlados, ¿por qué quieres entrar?
–pregunta Peñas, que acaba de aparcar su grúa delante del portón número 73 del tren semicontinuo.

–Hay un turno entero dentro de la nave. Cuando
todo esto empezó habrían tenido que dejar el taller
dentro del cerco, pero no, lo que hicieron fue aprovechar la línea recta del edificio y ahorrarse unos
metros de muralla –explica el exmédico para no tener
que explicar que lo que quiere de verdad es entrar
ahí para no salir jamás.

–¿Tenemos alguna orden? –preguntan los dos.

–De Dimas. Está allí –y Herminio señala a la colina
de Los Balagares.

Peñas acaba de coger la pica de San Narciso del
remolque de su grúa. María San Narciso, que es su
mujer, es la única mujer cazadora de la empresa

Happy Team, una empresa, sin embargo, presidida por la profesora Laura Díaz y cuyo departamento de desarrollo está en manos de otra mujer.

De Covadonga Villanueva.

Porque los cuatro que van a entrar en el tren semicontinuo no saben todavía que la doctora Villanueva ya ha dejado el mundo. Y tampoco saben que a su sucesora, la doctora Agnès Bègue, tampoco le queda mucho tiempo entre los vivos.

–Y cuando entremos, ¿qué? –insiste Peñas.

–Sí, ¿qué? –aprovecha Diego Llorente.

El exmédico retira la barra de la puerta del tren semicontinuo.

–Hay que entrar –dice.

CIENTO TREINTA Y UNO

"Sentía que de algún modo había conocido todas esas
extrañas y terribles figuras que habían pasado
por el escenario del mundo, haciendo del pecado algo
maravilloso y del mal algo tan colmado de sutileza.
Tenía la sensación de que, de algún modo misterioso,
aquellas vidas habían sido también la suya".
(**Oscar Wilde**, *El retrato de Dorian Gray*)

Betje Bos conduce por la A9 y Leire baja la ventanilla
y luego enciende la radio.

Y sonríe.

Suena *Read my mind*, suenan The Killers.

The good old days...

El Embajador de Asturias, finalmente, se ha pre-
sentado en la morgue y le ha dicho a Leire que la
República se va a hacer cargo de la repatriación del
abogado Carlos del Busto, del primer presidente, del
héroe que dio su vida por la defensa de los intereses
del pequeño país que nació cuando los muertos dejaron de morir.

–El presidente Gil quiere honrarle en las calles de
Oviedo –le dijo a la sobrina del abogado muerto y
Leire solo hacía que pensar en que se lo tenía que
contar a Lidia Sánchez, en que le tenía que contar
que a Carlos del Busto lo habían asesinado tras su

intervención en la Corte Penal Internacional. Los rusos quieren saber y no saben por qué Asturias ha levantado murallas de cinco metros de altura, piezas de hormigón que separan la vida normal de la normalidad de la vida.

–Tengo que llamar a Lidia –se escucha a sí misma finalmente mientras ve cómo su novia toma la salida de la autopista que las devuelve al centro de Ámsterdam.

–¿Y qué le vas a contar? ¿Que la bala que le metieron entre ceja y ceja está fabricada en Trubia, que esas balas solo se venden en Asturias o en España, que lo mataron los tuyos y no los rusos?

CIENTO TREINTA Y DOS

"El resto del mundo no estaba en parte alguna
por lo que a nuestros ojos y oídos se refería.
En parte alguna. Se había esfumado,
desaparecido, había sido barrido sin dejar
detrás ni un susurro, ni una sombra".
(Joseph Conrad, *El corazón de las tinieblas*)

–¿Qué es lo previsto en estos casos? –pregunta el presidente Gil, mientras se pincha en la barriga la dosis de insulina de la jornada.

–La verdad es que no hay nada previsto para estas cosas. A nadie se le había ocurrido que fuera necesario –aclara Cela, su jefe de gabinete.

–Le dije al Embajador que se lo prometiera a su sobrina. ¿No tiene hijos?

–Uno. Pero vive en Australia.

–¿Y qué coño hace en Australia?

–Pues no lo sé. Está allí.

–¿Y va a venir?

–Pues no lo sé. Imagino que el viaje será difícil, pero eso nos tiene que dar igual, Vicente. Lo ponemos en un carro tirado por uno de los Land Rover de la Guardia de Montaña y, luego, un cañonazo.

–Y una banda de gaitas. ¿Sabes? Debería de haber algo para la diabetes.

–Eso que te pinchas.

–La gilipollas de la endocrinóloga dice que tengo que hacer ejercicio, caminar y esas cosas; dice que estoy engordando. Por cierto, hablando de gilipollas. Me han hablado muy mal de la sustituta de la doctora Villanueva. Tendremos que hacer algo con esas cosas que dice por ahí.

–¿Lo sabías?

–Los rusos hablan conmigo antes que contigo, Ignacio. Parece mentira.

CIENTO TREINTA Y TRES

"–Atravesamos corriendo –prosiguió el doctor– el
bosquecillo que nos separaba de la palanca,
oyendo a cada paso las voces de los malditos piratas".
(**Robert L. Stevenson**, *La isla del tesoro*)

Herminio mintió. La orden de Dimas no existía. Comprobarlo fue fácil: Peñas solo tuvo que preguntar al farero.

La necesidad de entrar en la nave del tren semicontinuo ya no era acuciante, explicó el responsable del nido de ametralladoras de Los Balagares. El turno completo de la siderúrgica volvía a estar encerrado. Lo único que había que hacer, repitió Dimas, ya estaba hecho: el equipo de Nubledo había conseguido cerrar el portón.

Y punto.

Y punto porque nadie quería pensar realmente en eso, en que alguien había abierto el portón número 73, en que los muertos que no terminan de morir no pueden abrir puertas, no pueden saltar ni recuperar el tiempo que han consumido entre mordiscos.

Los muertos que no terminan de morir tampoco podían resucitar. Eso era lo que todos estaban pensando.

La directora de la clínica de Happy Team lo había insinuado.

–¿De qué coño te ríes, imbécil? –Herminio había decidido, justamente en ese instante, que tenía que dejar de fingir, que debía significar todo aquello que sentía trabajando todos los días junto al soplapollas de Llorente. Y estaba en estas cuando Peñas dio un grito agudo que ensordeció el voluminoso silencio en medio de la metalúrgica.

Una manada de monstruos acaba de doblar la esquina de la nave.

–A los coches –ordenó San Narciso.

CIENTO TREINTA Y CUATRO

"Yo he luchado a brazo partido con la muerte. Es la disputa menos emocionante que podáis imaginar. Tiene lugar en una indiferencia impalpable...".

(Joseph Conrad, *El corazón de las tinieblas*)

Hay un bar en el parque del Carbayedo donde las arañas tejen su futuro entre botellas de *whisky* de malta. Un poco más abajo, en la plaza de Álvarez Acebal, fue donde murió José Iván Ardid.

Todos juegan a querer el monumento en su memoria, a acordarse de la primera muerte, y, sin embargo, ninguno vivió su despedida.

Herminio Loredo, sí.

Entraron en el bar cuando la luz todavía estaba prendida.

–Lagavulin, Talisker, Bunnahabhain... No me acordaba de que los tenían todos.

Lo bueno de la ciudad de los muertos es que los vivos pueden disfrutar de los restos del buen gusto.

Esto lo pensó entonces Herminio, pero no dijo nada.

Ardid saltó al otro lado de la barra y buscó dos vasos más o menos limpios.

–No nos lo podemos perder.

–Venga –dijo Herminio–. Un lingotazo solo y para el hotel de cinco estrellas.

Tenemos que llevarnos un monstruo para la Fábrica.

Pero fueron más de uno. Y de eso nadie se acuerda. Y no se acuerda nadie porque nadie estuvo allí cuando, entre los dos, se bajaron botella y media de escocés.

–No todos los días podemos volver a ser normales, Herminio –respiró el primer cazador muerto minutos antes de tropezar y de caer cuando el motor de la *pick up* estaba en marcha, minutos antes de, efectivamente, morir a dentelladas.

CIENTO TREINTA Y CINCO

"La auténtica verdad no reside en
los hechos –si es que reside en
algún sitio–, sino en los matices".
(John Le Carré, *Volar en círculos***)**

La profesora de Climatología hace tiempo que no observa las tormentas. Y no las observa porque hace tiempo que solo siente que una de ellas la debilita.

Es lo que le está pasando ahora mismo. Mírala.

Laura Díaz lee el documento final de la doctora Villanueva: la historia de que los muertos que no terminan de morir pueden volver a la historia.

Como antes.

Como si el Arkangel no hubiera atracado en los muelles del Niemeyer. Como si el segundo oficial no hubiera empezado a masticar su propio brazo.

Acaba de terminar; busca ahora en otra carpeta la historia que va, en verdad, de salir de la historia.

La de la doctora Villanueva. Su ejecución.

La presidenta de Happy Team lee y vuelve a leer y, cuando parece que se ha aprendido de memoria la noticia del deceso de la doctora, clava su mirada en el cuadro torcido que tiene delante de los ojos: una tormenta, un pesquero que escala las olas, un helicóptero que lanza un vigilante... Y ahí está, devolviendo normalidad a la marina trágica –como de siglo realista– que rescató para su despacho.

–Vete al Bellas Artes. Coge el que quieras –le propuso Vicente Gil.

La profesora regresa al escritorio, enciende el ordenador y comienza a escribir:

Agnès Bègue acaba de morir.

CIENTO TREINTA Y SEIS

"Porque un hombre sin vida
es la ficción de un hombre vivo".
(William Shakespeare, *Enrique IV*)

La banda de gaitas Ciudad de Oviedo, en la boca de la calle Uría, abre la comitiva. Empiezan a sonar los primeros acordes de la marcha *d'Antón El Neñu*. Seis bueyes casi mitológicos tiran de la carroza fúnebre que carga los restos mortales de Carlos del Busto, el primer presidente de una Asturias libre y republicana. La República ha fletado un convoy ferroviario para traer a la ciudad al político y abogado gijonés que cayó en Ámsterdam de un tiro entre ceja y ceja.

Vicente Gil y todo su consejo de Ministros han aguardado en silencio la llegada del tren del Aeropuerto. Firmes, en el andén dos de la estación del Norte, contemplan cómo seis miembros de la Guardia de Montaña desembarcan el ataúd del expresidente y contemplan también cómo otros seis guardias lo colocan en la carroza que espera en la puerta misma de la estación.

Entonces suena el himno de Asturias por primera vez. Y ahí es cuando comienza la procesión.

Los gaiteros, la carroza y los bueyes, el presidente Gil y su Gobierno al completo. Y después, los

281

secretarios de Estado. Y todos los alcaldes. Y todos los diputados. Y todos esos todos, en dirección a la Junta General. Asturias entera velará "al primer Héroe de la República". Así es como ha determinado Gil que se recuerde a su primer antecesor.

Cuando los seis guardias de Montaña introducen el féretro en el vestíbulo del palacio de la Junta, Ignacio Cela logra hacerse un hueco junto a su presidente:

–Las murallas de Avilés han caído –susurra.

Índice

Esta edición de **Avilés Zombi**,
de Saúl Fernández, terminó de imprimirse
en **Duocromo**, en junio de 2024